아니, 이거 詩

You know, it's a poem

우리들의 이행시 이야기

아니, 이거詩

You konw, it's a poem

도전! 나도 카피라이터 이행시 짓기 선정 시선

2018년 7월 11일 초판 1쇄 발행

지은이	흔들의자 · 권수구
그 림	이병경
펴낸이	안호헌
아트디렉터	박신규
교정·교열	김수현

펴낸곳	도서출판 흔들의자	
	출판등록	2011. 10. 14(제311-2011-52호)
	주소	서울 강서구 가로공원로84길 77
	전화	(02)387-2175
	팩스	(02)387-2176
	이메일	rcpbooks@naver.com(편집, 원고 투고)
	블로그	http://blog.naver.com/rcpbooks

ISBN 979-11-86787-12-0 03810
ⓒ 흔들의자 2018, Printed in Korea

* 이 도서의 국립중앙도서관 출판예정도서목록(CIP)은 서지정보유통지원시스템 홈페이지(http://seoji.nl.go.kr)와
  국가자료공동목록시스템(http://www.nl.go.kr/kolisnet)에서 이용하실 수 있습니다.(CIP제어번호: CIP2018017404)

우 리 들 의 이 행 시 이 야 기

아니, 이거詩
You know, it's a poem

흔들의자 · 권수구 지음
일러스트 이병경

기다림에는 끝이 있었고
집단지성에는 위대함이 있었다.
적금 들듯이 글을 모았고
'계 타는 날'이 올 거라 믿는다.

'도전! 나도 카피라이터 이행시 짓기'는 또 하나의 도전이었습니다.
'과연 이것이 예상대로 진행될 수 있을까?
'과연 이것을 생각한대로 끝낼 수 있을까?
결론부터 말하자면 그것은 예측대로 진행되었고,
기다림 끝에는 '성공적인 해냄'이 있었습니다.
2017년 1월부터 2018년 3월까지 1년 3개월 동안 진행된
'도전! 나도 카피라이터' 이행시 짓기 프로젝트!
50,000여 조회 수, 12,000여 개의 이행시 응모가 있었으며
본 도서에는 선정작 104개와 더불어 응모작 638편이 나옵니다.

기다림과 집단지성의 아름다움!
창작 이행시 속에 우리 삶과 생활, 정서, 유머가 있습니다.
'이번에는 어떤 이행시가 비밀댓글로 달릴까'
'다음 번 제시어는 어느 것으로 할까'
기다림과 기대 속에 흐른 지난 1년 3개월.
우리 삶에 공감이 예측되거나 계절에 맞는 이행시 제시어를 내고,
응모된 이행시를 통해 우리들의 삶과 생활, 감성, 정서를 보았습니다.
기다린다는 것은 막연함, 지루함을 내포하지만
'끝이 있는 기다림', '끝이 보이는 기다림'에는
막연함보다는 기대가, 지루함보다는 설렘이 있었습니다.
기다림 64주, 날 수로 448일, 10,752시간.
숫자만 보면 뜻 없어 보이지만, 기다릴 수밖에 없었던 시간은
이 책을 완성되는데 절대적으로 필요한 시간!
집단지성의 위대함을 품은 '아름다운 시간' 이었습니다.

비밀댓글로 달린 '한글만의 매력적인 글 맛', 키워드는 #우리 삶 #공감!
"이번 제시어로 이거 어떨까."
"좋은데요. 이건 다음에 쓰고요. 스페셜 판을 만들어야겠어요."
1회 '출발'과 '동행'을 시작으로 네이버 메인에 노출되기 시작했습니다.
2주에 한 번, 카피라이터 권수구 님을 만나 응모작을 선정하고
다음 회 차의 '이행시 제시어 정하기'를 반복했습니다.
스페셜 판은 10회 '회사 직위로 이행시 짓기', 20회 '한글날 특집',
30회 '지역명으로 이행시 짓기'로 보통은 3개의 제시어로 3명을
선정했지만, 특별판은 더 많은 제시어로 더 많은 글이 필요했는데
이벤트의 다양성과 손에 쥐게 될 '책 두께감' 때문임을 고백합니다.
비밀 댓글은 컨닝 방지를 위한 의도! 응모된 글을 추리면서 느꼈던
모든 것은 언제나 '새로움' 이었습니다.

이 책을 만든 광고인 출신 크리에이터 3人, 경력 합이 107년!
Creative Work은 이런 것이다. 준비는 이런 것이다!
"형님, 이행시 선정작이 있는데 그림 좀 그려주실 수 있나요."
"헐~, 괜찮은 프로젝트 같은데... 그려야 할 게 100개도 넘네..."
작년 늦여름, 저도 사람인지라 이 프로젝트에 진력 날만도 할 때에
Art Work의 내공 고수, 일러스트레이터 이병경 님을 만나
이행시 선정작에 그림을 그려 주실 것을 부탁했더랬습니다.
본문 제시어마다 절묘한 바디 카피를 쓰신 권수구 님(현역 37년),
그림으로 책의 완성도를 높여 주신 이병경 님(현역 38년),
이 두 분은 광고회사에 입사했을 때 만난 광고계 선배,
흔들의자, 저는 32년. 광고는 경험이고 내공은 시간과 비례합니다.

정말 고마워요.

우렁각시, 네이버. 천군만마, 네이버 책문화!

"너, 네이버에 아는 사람 심어놨냐!"
이 프로젝트가 거의 끝날 때 즈음, 어느 지인의 농같은 말입니다.
그도 그럴것이 30회 차 중 23회 노출(총 게재일 32일) 되었으니 말입니다.
모르긴 해도 이건 전무한 일이며, 네이버에 아는 분 또한 없습니다.
그저 고맙고 또 고마울 따름입니다.

> "가져보지 않은 것을 가지려면
> 해보지 않은 것을 해야 한다."
> "해보는 수밖에 길은 없다."

도전! 나도 카피라이터에 응모해주신 모든 분들께 감사를,
이행시 선정과 제시어마다 카피를 써 주신 수구 형님께 감사를,
최고의 일러스트로 책의 가치를 높여 주신 병경 형님께 감사를,
디자인 작업을 도와 준 신규 아우님께 감사를,
그리고 이 책을 읽어 주시는 분들께도 깊은 감사를 드립니다.
덧붙여 그 누구보다 그 무엇보다 본 프로젝트가 성공적으로
진행될 수 있도록 수십 차례에 걸쳐 '네이버 메인'에 올려주신
'책문화지기' 님들께 가장 큰 감사의 말씀을 드리며,
한 3년 전... 처음으로 네이버 메인에 떴을 때, 흥분과 기쁨으로
쓴 글을 서문에 담아 고마운 마음을 한 번 더 전합니다.

흔들의자 안호헌

우렁각시, 네이버

아무런 일언반구(一言半句)없이
네이버 메인에 스리슬쩍 띄어 주고
날이 밝으면 언제 그랬냐는 듯
쥐도 새도 모르게 사라지는
네이버 책문화 '심야책방'.

지난 밤,
네이버 메인에 떴다는 것은
밤사이 1,000명도 보고 10,000명도 본다는 것.
다음 날 아침, 주문이 쏟아진다네.

책을 만들어 본 사람도 많고
포스팅 좀 해 본 사람도 많지만
네이버 메인에 띄어 본 사람만이
그 기분 알지.

정말 고마워요,
우렁각시, 네이버^^

도서출판 흔들의자 드림

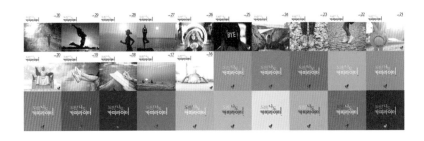

일자! 월급 들어왔수?

만두를 두개 샀는데 세 개가 담겨 있잖아!

광장엔 만세폭풍이 휘몰아쳤고 복더위조차 상쾌했다

온 세상이 정말 아름다워지는 방법

김을 앞니에 붙이고 치즈

피난길 같은 여름휴가 서울에도 좋은데 많아요

고민했을 시간에 백번도 더 말했겠다 차라리

만났고 헤어지는 일도 내 맘대로 안 되더니

남이 되는 이 있는 것도 내 맘대로 안 되더라

신랑도 잘생기고... 부럽다 가스나야~

정정패션 소화가능 춘리머리 소화

운명에만 맡기면 세상살이 재미없죠

선심 쓰겠다고 천 번 말하기보다 행복이 천 배 되는 한 잔을 많은 사람들이 이행시의 매력에 빠져주기를...
눈앞이 깜깜한 사람들에게 이 책이 작은 희망이라도 줄 수 있기를...
이 책이 우리말의 재미와 우수함을 조금이라도 전할 수 있기를...
이 책이 좀 팔려서 어려운 사람 몇이라도 더 도와드릴 수 있기를...
아니, 이 책이 많이 팔려서 아내에게 기쁜 선물이 되기를...

권수구

"꿈은 이루어진다"
내년이 황금돼지띠 라는데...

이병경

발간을 축하합니다

시^詩작^作하는 사람들의 이야기

소박하지만 소중한 말들이 모여서 한 권의 책이 되었네요. 시끄러운 세상... 한 줄기 바람이듯 불어온 작지만 끄덕일 수밖에 없는 시 하나하나. 우연으로 만났지만 우린 어쩜 운명이었나봐요^^. 발간 축하드립니다.
_유지수

우리말과 글을, 특히 시를 사랑해 국문학을 선택한 사랑스러운 딸과 함께 출간의 기쁨을 나누고 싶습니다.
"예빈아, 이게 시가 될까? 아빠 〈이거시〉야말로 진짜 시라고 생각한다. 살아있는, 진정한 '풀뿌리시' 말이다. 이벤트 기간 내내 아빠 행복했단다. 이제 함께 별을 노래하자구나."
이것도 시가 될까요? 거창하지 않지만 시시콜콜하지만.
_김충호

세상에 흔적을 남길 수 있게 되어 영광입니다. 파피루스 그림처럼 오랜 세월 잊히지 않을 도서가 되길 기원합니다. 좋은 책 기획해 주셔서 감사합니다~^^. 일러도 참 예뻐요.
_이유진

이행시 짓기 프로젝트에 참여는 일상에 새로운 활력과 설레임 가득담은 기다림을 덤으로 가져다주었답니다. '아니, 이거시; 우리들의 이행시 이야기' 출간을 축하드립니다. 멋진 기획 만들어주셔서 고맙습니다.^^
_김혜영

카피라이터가 되고 싶어 광고를 공부하고 정보를 찾다가 우연히 이런 좋은 기획을 알게 되었습니다. 아직은 배우는 단계라 미숙한 글이었을 수도 있었겠지만 책으로 나오게 되어서 감회가 새롭고, 꿈에 조금 더 다가갈 수 있게 해준 기회가 된 거 같습니다. 덕분에 꿈이 설레게 되었습니다.
_윤수빈

초웅분히 멋진 책! 천천히 곱씹는 책! 사람 냄새 나는 책!
공모전을 하면서 지친 일상에서 한줄기 희망을 가지고 살았습니다. 로또의 행운보다 1년 동안 당첨일이 기다려졌으니까요. 너무 감사드려요. 정말 삶의 비타민 같은 존재로서의 공모전이었습니다. 감사합니다.
_최민호

최첨단 안마의자가 난무하는 시대에 나무를 깎아 만든 소박한 흔들의자는 향수와 순수를 상징하겠지요. 방망이 깎던 노인처럼 투박하고 고집스런 기획이 이제서 빛을 보게 되었네요. 모두 고생하셨고 더욱 건승하시기 바랍니다. 저 또한 작은 기여를 하게 되어 기쁘고 감사합니다.

_김건우

우와! 진짜 책이 완성되었군요. 작년 초 네이버 책문화에서 보고 잼나라하며 참여했었던 기억이 새롭네요. 재미로 시작했다 제시된 단어에 깊이 빠졌던 기억도 나구요. 선정소식에 느꼈던 들뜬 기쁨도 다시 생생합니다. 끝까지 일 년을 달려내시고 결실까지 보여주시니 진짜 선물을 받은 듯 반가와요. 수고 많으셨습니다. 축하드려요

_박현정

도전! 나도 카피라이터 당첨소식은 작가가 꿈이었던 저에게 큰 용기와 도전을 가져다 준 행운 같은 것이었습니다. 흔들의자의 또 다른 책 '인생을 이끌어 줄 일곱단어' 속 짧은 격언처럼 '아니 이거시'가 많은 분들에게 영감이 되어 아직 존재하지 않는 것을 찾아내는 신의 친구가 되시기를 바랍니다. 축하드립니다.

_김채하

책 출간을 진심으로 축하드립니다. 태어나서 책에 제가 쓴 글이 나오는 것은 처음이라 무척 신기하고 또 기대됩니다. 또 장난삼아 끄적였던 이행시가 이렇게 멋진 책에 포함된다고 하니 대단히 영광스럽습니다. 앞으로 좋은 책 많이 만드는 흔들의자가 되길 바랍니다.

_권아윤

어느 날 문득 처음 보는 이행시 이벤트를 만났습니다. 참여하다보니 어느 순간 국어사전을 펼치게 되더군요. 우리말 뜻을 제대로 찾고 이해하며 그 단어에 제가 살아온 과거 현재 미래를 담아내면서 우리말이 참 아름답고 신비하며 고귀하다는 생각이 들었습니다. 단어 하나에 이렇게 풍부하고 멋진 의미를 담아낼 수 있다니... 짧지만 즐겁고 소중한 시간을 보낼 수 있게 해주신 기획자님, 멋지고 의미 있는 글들에 감동을 주신, 참여한 모든 분들께 감사의 말씀 드립니다.

_김경태

사랑하는 엄마 상미씨, 아빠 태식씨, 동생 민우 그리고 이 책에 참여할 수 있게 지금의 나를 만들어 주신 할머니, 이모, 삼촌, 김해정 선생님, 엄현주 선생님, 최가은 선생님, 도덕 장미옥 선생님, 가정 장미옥 선생님, 한이슬 선생님, 이효주 선생님, 채은경 선생님, 민혜연 선생님, 신정숙 선생님...
그 외에도 많은 분들께 감사드립니다.
이 책 꼭 읽어보세요!! 흔들의자에도 진심으로 감사의 말씀 드리며 마지막으로 언제 어디서든 날 지켜보실 할아버지께 제 이행시를 바칩니다.
_박수민

우연히 참여하게 된 이벤트였고, 불현듯 떠오른 글을 썼고, 운이 좋게 선정되었습니다. 짧은 한 단어, 두 글자에 각기 다른 생각들을 센스 있게 담아낸 멋진 책에 제 글 한 조각이 포함되어 정말 기쁩니다.^^
_조수민

'남과 다른 표현'을 이끌어내는 건 늘 '남을 향한 생각'에서였다.
_김기환

그저 해 뜨는 새벽 하늘과 별이 가득한 밤하늘만 보고 하루를 마무리 하는 여고생이었습니다. 우연히 찾아온 이 이벤트가 노을 진 하늘의 꽃구름과 같은 존재였고, 즐기면서 이벤트에 참여했습니다. 모든 이들의 봄 여름 가을 겨울이 예쁜 말로 행복하길 바라며.
*꽃구름 : 아침, 저녁의 노을빛과 어우러지며 화려한 색상으로 물드는 구름
_김여진

글 쓰는 것에 관심이 있어서 시간이 날 때마다 이행시 짓기 이벤트에 응모했었습니다. 독창적인 동시에 다른 사람들도 공감할 수 있도록 생각하고 또 생각해서 보냈었는데 번번이 당첨이 되지 않아서 아쉬웠습니다. 그러던 중 당첨된 '김치'는 가볍게 장난스럽게 썼던 것이었는데 기쁘기도 했지만 한편으론 조금 얼떨떨하기도 했습니다. 하지만 생각해보면 당첨되지 못했던 이전의 이행시의 과정들이 모여서 이루어진 결과인 것 같습니다. 이 이벤트 덕분에 일상적으로 쓰는 단어들에 대해 새롭게 생각할 수 있었습니다. 물론 취업 준비 중에 잠시 기분 전환도 할 수 있었고요^^ 제 글이 더 훌륭하게 쓴 다른 분들의 글과 함께 실린다고 생각하니 설레네요.
_유정윤

와! 너무나 감격스럽습니다. 제가 참여했던 이행시가 다른 분들의 빛나는 아이
디어들과 함께 책으로 실리다니요!
이거시 행복의 시작 아닌감요? ^^
많은 분들의 기다림과 흔들의자 관계자분들의 인내로 출간되는 책이니 만큼
더 많은 분들께 사랑을 받을 수 있으면 좋겠습니다. 더불어 도서출판 흔들의
자와 함께 매일같이 웃으시는 날들이 되시기를 바랍니다.
_정연수(유튜버 탄탄)

흔한 길은 가지 않으려 합니다.
들꽃은 시들어도 사라지지 않습니다.
의지는 우리의 심장에서 꽃을 피웁니다.
자국으로 남아 모두에게 기억될 것입니다.
_최현주(바람향)

〈아니 이거시〉 카톡방 발간 축하 메시지 중에서

일러두기

- 이행시 선정작은 EBS에서 개발한 〈주시경체〉로 그 의미를 더 했습니다.
  * 주시경周時經: 일제강점기 우리말과 글을 연구하여 한글 전용, 가로쓰기,
                통일된 표기법을 주장한 국어학자이자 독립운동가입니다.

- 본 도서에 있는 글과 그림은 모두 도서출판 흔들의자 소유로 저작권법에
  따라 보호받는 저작물입니다. 따라서 무단 전제 및 복제를 금지하기에
  이 책의 일부를 인용하시려면 저작권자의 서면 동의를 받아야 합니다만
  '개인적 SNS 활동'(블로그, 페이스북, 인스타그램, 트위터, 카톡 등 모두)에
  공유하실 때에는 꼭 〈책 제목〉을 명기하셔야 합니다. (예 : 아니 이거시 중에서)

- 이행시 선정작을 제시한 분들 중에 연락 안 되는 분이 있습니다.
  추후라도 알려주시면 본인 확인 후, 책을 보내드리겠습니다.

목차

아니, 이거詩
You know, it's a poem

우리 삶이
이행시 속에
다 있습니다

출발 가외인이라 하지 마요. 엄마, 자주 올게요
그레 새 신부 두 볼에 눈물 한 줄기

출발이란 떠나는 겁니다.
익숙한 곳에서 낯선 곳으로,
지금보다 더 나은 것을 향해
나아가는 것입니다.
떠나가야 하는 것은
때론 후련할 때도 있지만,
애끊는 것처럼 힘든 때도 있습니다.
모든 것은 늘 이어져 있기 때문입니다.

출산한 엄마 옆에
발그레한 아기 동생.
sfc1****

출세를 꿈꾸며
발걸음을 내딛는 출근 첫 날.
hell****

출근 싫어
발라당.
only****

출출한 배도 채웠으니
발품 한번 팔아볼까?
peri****

출석 체크에
발이 고생이다.
jake

출근해야 하는데
발이 안 떨어지네.
chan****

출근 배웅해주는 가족 덕분에
발걸음은 가볍고 마음이 설렌다!
savior

출근하기 싫어서
발걸음이 천근만근.
kwan****

동생 손잡고 집으로 가는 길
행여나 놓칠까 꽉 잡은 두 손

홀로 걷는 길은 참 외롭고 무섭습니다.
하지만 손을 잡아주는 사람이 있다면
어두운 길이라도 걸을 만 합니다.
부탁컨대,
언젠가 그 손이 귀찮고 불편해지더라도
꼭 잡고 절대 놓지 마세요.
더 어둡고 더 삭막한 길이
당신 앞에 기다리고 있을지도 모르니까요.

동강 고운 노을 따라
행인 서넛 천천히 흘러간다.
fool****

동쪽으로 갈건 데
행선지가 같다면 함께 하시것소.
먼데이맨

동상~, 내 갔다 올게
행님아, 우리 같이 가소.
sky*_**

동물들을 가만히 바라보고 있으면
행렬을 맞춰 함께 걷고 있음을 깨닫는다.
러블리

동무랑 같이
행복해지는 시간.
qn_v****

동구 밖 해질녘 엄마 올 때쯤
행복한 미소로 마중 갑니다.
natu****

동일한 곳을 바라보며
행복을 만들어 가는 것.
hipa****

동서남북 어디를 가더라도
행복할 수 있습니다. 함께라면.
ayun2083

동생아 업혀라.
행님아 괜찮다.
zzme****

동그란 달이 떴네요.
행복합니다. 그대와 함께라서.
샐리

고속도로 잘만 뚫렸는데
향수병이 뭔 소리고!

고향은 핑계가 멀어지게 합니다.
일이 바빠서, 길이 막혀서, 어쩌구저쩌구....
잠시 잊으셨군요.
핑계는 결코 고향 부모형제만큼
중요한 문제가 아니란 것을.

고된 삶 속에 찾아간 그 곳은
향기부터 따뜻하다.
neoq****

고생길 뻔하지만
향수병 걸리는 것보단 가는 게 낫지.
haem****

고민 없이 떠났는데
향수란 이런 걸까?
gusw****

고민하다가도 결국은
향하는 한 발 한 발.
dd67****

고개 너머 나 사는 곳 돌아와도
향수 남아 그리운 어머니.
maru****

고불고불 시골길이 정다운 우리 마을
향나무 가득한 뒷동산이 그리워집니다.
sh19****

고갯마루 넘으면
향기롭게 퍼져 나오는 흙냄새, 그곳에 가고 싶다.
dssy****

선생님이 오셔도
물 밖에 못 드리던 시절이 있었습니다

담임선생님 가정방문 오신다는 전갈에
내 어머니는 폭탄이라도 터진 듯 혼비백산 하셨습니다.
입을만한 옷도, 대접해드릴 그 무엇도 없었기 때문입니다.
결국 씻고 또 씻은 하얀 사발에
수돗물만 가득 담아 내어 놓으셨고,
정작 선생님의 말씀은 아무 것도 기억하시지 못했습니다.
그 뒤로 유난히 나를 귀여워해주시던
선생님 말씀이 생각납니다.
"정구야, 너희 집 물맛이 최고다!"

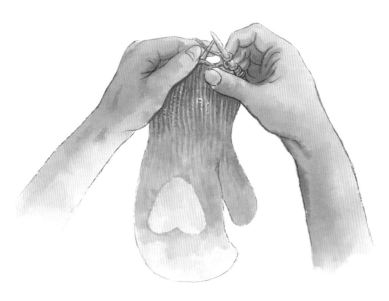

선뜻 떠오르는 게 없어
물음표만 그리네.
강은별

선남선녀들의
물량공세.
유튜버 탄탄

선녀는 나무꾼의 마음을
물로 본 걸까?
kkah****

선심 쓰듯
물 건너 왔다며 내미는 것.
정초희

선택하느라 힘들었는데
물어볼 걸 그랬나?
haem****

선뜻 뜯지 못하고
물음표 짓게 만들어.
hsj7337

선심 쓰듯 세뱃돈 주다 보니
물렁해진 내 지갑은 어찌 할꼬?
sh19****

선한 마음으로 준비했습니다.
물건이 아닌 마음으로 보아 주세요.
skhh****

만나고 헤어지는 일도 내 맘대로 안 되더니
남이 된 이 잊는 것도 내 맘대로 안 되더라

만나고 헤어지는 것은
사람 능력 밖의 일입니다.
하지만, 결국 헤어질 수밖에 없다는
사실은 자명한 일이죠.
그러니 있을 때 잘해야겠습니다.
크게 후회를 남기지 않으려거든.

만들어볼까요?
남이 아닌 우리.
oh_h****

만만하던 친구가
남자가 되는 것.
정초희

만나보면 안다.
남인지 아닌지.
neoq****

만질 수 없는 사랑
남은 건 그리울 뿐
eggb****

만나고 또 만나다보니
남이 남편이 되었다.
jenj****

만약 이 자리가 이어진다면
남부럽지 않게 사랑해줄게.
hsj7337

만일 너가 반만 행복하다면
남은 반은 내가 채워줄게.
euni****

만드는 중입니다.
남에서 우리로 변해가는 과정입니다.
azzo****

만두는 소가 꽉 차야 제 맛이고
남편은 속이 꽉 차야 제 맛이다.
sh19****

고민했을 시간에
백 번도 더 말했겠다

마음을 털어놓는 일에도
타이밍이 있습니다.
때를 놓치면 사랑도 잃고
용서를 구할 기회도 잃게 됩니다.
우물쭈물하지 말고 바로 용기 내세요.
고백으로부터 사랑이 시작됩니다.

고단했던
백일몽의 마침표.
이유진

고(Go)와 백(Back) 사이
백만 번의 망설임.
kimy****

고민했던 마음이
백기를 들었다.
초콜릿

고새를 못 참고 가버렸구나
백 날을 준비하며 연습했는데....
nes0****

고르고 고르다 겨우 이 말밖에
백년해로 합시다.
두둥실

고작 사랑한단 한마디 뭐가 어려워
백 번을 망설이고 결국 돌아서는지.
이서은

고마워, 사랑해 그저 말하면 될 것을
백 번 천 번 망설이는 내가 밉다.
hyyo****

고맙게도
백 번이 넘기 전에 날 받아 준 그대.
pes7****

고민하지 말고 용기 내어 마음을 표현해라.
백점 맞을 필요는 없다. 적어도 사랑에는.
베르테르

연시처럼 말캉말캉
인절미처럼 쫀득쫀득, 그대와 나

사랑을 하게 되면 나사 두 개가 빠진답니다.

심장에서 하나,

머리에서 하나.

그러니 사람이 이상해지지 않을 수 있겠습니까?

야물딱지던 사람도 흐물흐물 변화시키는 사랑.

그렇다해도,

지갑에서 돈이 빠져나가는 부작용만 조심하면

참으로 해볼 만한 겁니다.

연인이기에
인연입니다.
설향맘

연줄이 이어져
인생의 일부가 되었다.
숨바꼭질

연상연하 상관없어요.
인간이면 돼요.
피렌체의 추억

연분홍빛 간지러움 가득.
인 러브.
두둥실

연거푸 생각해봐도
인연은 너인 것 같아.
pes7****

연락 없어서 화나다가도
인사하며 웃어주면 마법처럼 풀리더라.
이서은

연말, 우리 부모님 댁에
인사드리러 가요, 우리.
pink****

연애중입니다. 라고
인스타에 자랑하고 싶다.
minh****

편히 잠 못 이뤘던
지난밤 당신의 마음이 전해지네요

아침 휴지통 옆에 구겨진 채 버려진 편지지.
진짜 마음은 그 속에 있었습니다.
예쁘게 정리된 편지에 담긴 마음은
그 마음이 아니었더랬습니다.
마음은 가다듬을수록 얼굴을 바꿉니다.
글씨가 좀 못나도, 문장이 부끄러워도,
진심을 꾹꾹 눌러 손편지를 써 보세요.
고마운 이, 미안한 이, 사랑하고 싶은 이에게...

편하게 읽을지 모르지만
지금 네가 읽는 건 내가 어렵게 쓴 거다.
Doky

편두통이 날 것만 같아요.
지면에 내 사랑을 다 표현하려면.
nes0****

편리한 스마트 세상에 톡도 문자도 전화도 있지만
지금 왜 네가 쓴 손 편지가 그렇게 그리운 것일까.
kjyo****

편한 길 놔두고
지구 한 바퀴를 돌고 온 유리병 속 편지.
ansd****

편한 마음으로 쓰세요.
지금 소중한 사람에게.
sh19****

졸음과의 싸움은 끝났다
업무와 싸워보고 싶다

세상엔 산이 많습니다.
그래서 '산 넘어 산' 이라고 합니다.
졸업은 산 하나를 내려 오는 것입니다.
그리고선 다음 등정을 준비하는 것입니다.
단, 다음 산을 오를지 말지는
각자의 몫입니다.

졸지에
업자가 되었다.
kell****

졸리기만 했던 시간들이
업고 가야할 추억들이 되었네.
kgp891021

졸아도 참아야 하는
업무를 예고하는 출발선.
dlgudfo275

졸업과 함께 야자와 안녕 했는데
업무가 쌓이니 야근이 안녕 하네.
kmim****

졸아도 넘어가던 학생 때가 좋았지
업무하다 졸면 봐주는 이 없더라.
haem****

졸망졸망 그 작던 아이가
'업혀보세요 어머니'라고 말하던 날.
paox****

졸학이 아닌 졸업인 까닭은
업적을 이룰 수는 있어도 배움에는
그 끝이 없음이겠죠.
theg****

동아전과 기억 나냐?
창피하게 전과비 받아서
오락실 다녔던 것도 생각 나냐?

좋은 일보다 나쁜 일을 함께한 녀석,
하라는 것보다 하지 말라는 것을 함께한 녀석,
벌을 설 때면 꼭 옆에 함께 있던 녀석,
여동생 때문에 집에 와서 노상 죽치던 녀석,
때로는 나를 위해 거짓말도 해주던 녀석...
어쨌든 보고 싶은 녀석.

동생, 때로는 언니 같은
창피함도 없는 그런 사이, 고맙다 친구들아.
늘봄봄

동무야 어디에 있든
창문만 열면 볼 수 있으면 좋겠다.
박근모

동그라미 하나 없는 시험지도
창피할 줄 몰랐던 사이.
paox****

동시간을 함께 보낸
창창했던 그때, 우리.
샐리

동그랗게 모여
창밖의 같은 곳을 바라보던 우리.
tidu****

동전 하나만 있으면 참 재미있게 놀았던 친구들
창고 한 가득 그 친구들로 채웠으면 좋겠다.
아카디아

사랑하는 부모님 모습
진작 더 많이 담아둘 걸...

기억은 시간이 지나면 흐려집니다.
가물가물한 기억들을 다시 소환해서
볼 수 있는 것은 사진뿐입니다.
사랑하던 사람들,
행복해 하던 순간들을
영원히 간직해주는 고마운 사진.
늦기 전에,
후회하기 전에
이 시간을 꼭 붙잡아 두세요.
눈물 나게 고마울 때가
반드시 옵니다.

사기 치지 마.
진짜 이게 너라고.
sunb****

사각형 안에
진실을 담는 방법.
paox****

사라진 시간을
진하게 남기는 것.
reba****

사소한 찰나의 순간을
진정한 추억으로 남기는 기록.
먼데이맨

사각 프레임 속
진풍경.
cori****

사라지지 말라고
진실을 담아 남겨두는 그 순간.
minh****

사실대로 나왔는데
진짜 자기가 이렇게 생겼냐고 묻는다.
kjhj****

사라질 것들의
진실을 담아서.
lebs****

청청패션 소화가능
춘리머리 소화가능

청춘들은 스스로
얼마나 곱고 빛나는 지 잘 모릅니다.
꾸미지 않은 맨 얼굴에
청바지와 티셔츠 한 장만 걸쳐도
눈이 부신데,
꾸미고 고치려드는 것이
안타깝습니다.
청춘은 그 자체로
빛나는 가치인 것을,
추억 밖에 할 수 없는
어른들은 말해주고 싶습니다.

청명하다, 그대들이여.
춘삼월의 꽃처럼.
dssy****

청아한 그 모습
춘삼월 꽃 같구나.
amanda

청바지에 통기타
춘천행 기차는 설렌다.
gkdk****

청보리 마냥 늘 푸른 줄 알았더냐.
춘삼월처럼 금세 지나간다.
uhee****

청바지만 입어도 눈이 부신 그대.
춘다. 인생에서 가장 아름다운 춤을.
hale****

청심환이 필요한 나이일지언정
춘삼월 봄바람에 설렌다면 그것이 젊음.
icep****

청바지에 흰 티셔츠만 입어도 이쁜 나이
춘삼월 목련처럼 왜 이렇게 짧기만 할까?
적도의 퀸

봄이 오면 진달래 붉게 피고
비가 오면 철쭉도 따라 붉네

봄비는 단비입니다.
겨우내 목마름에 애타던 농부에게,
어서 피어 자태를 뽐내고 싶은 꽃에게,
미세먼지 무서워 데이트도 못하던 연인에게
진정 절실하고 고마운 비입니다.

봄이 오고 있대, 겨울아.
비켜줄래?
soya****

봄이 왔어
비와 함께 성큼.
choi****

봄에 새싹들을 북돋워
비죽비죽 내리는 비.
밍주씨

봄은 아직 춥지만
비집고 나온 새싹 푸르다.
just****

봄나물 쏘옥 나오게
비야. 포근히 내려라.
gkdk****

봄의
비타민.
uhee****

봄에 피는 새싹에게
비료가 되는 작은 물방울들.
0428****

봄이 봄이 왔다고
비밀스럽게 내 방 창문 톡톡 건드네.
seun****

봄에 내리는 비는 말야,
비가 아니야. 그건 생명이지.
rain****

봄에 피는 꽃에 시를 선물했어.
비 내리는 내 맘에는 네가 오면 좋겠다.
ha50****

소시지김밥, 사이다, 삶은 계란
풍선처럼 부푼 마음

소풍날만 되면 비가 온다는 전설 같은 이야기.
늘 그런 건 아니었지만,
대부분의 사람이 초등학생부터 고교생 시절까지
한번쯤은 소풍날 비를 경험해 본 적이 있을 겁니다.
수위아저씨가 학교 구렁이를 잡아 죽여서 그렇다는
선생님 말씀에 그런가보다 하고 말았지만,
간절한 마음이 상처를 받으면
어떤 기억보다도 깊이 새겨지는 것 같습니다.

소고기 안 넣어도 젤 맛났던 울 엄마 김밥.
풍겨 오는 참기름 냄새에 절로 눈 떠지던 날.

때룽이

소보루빵 하나만 챙겨도
풍족하게 즐길 수 있는 것.

seun****

소심하게 날씨 걱정 두근두근
풍선처럼 들뜬 마음 둥실둥실.

kjhj****

소란스런 뜀박질도
풍경이 되는 그 날.

gkdk****

소소하게 준비한 도시락이지만
풍성해진 추억 안고 돌아옵니다.

moon9dragon

소소한 일상을
풍부하게 만들어 준 추억.

just****

소라 잡으러 바다로 갈까?
풍뎅이 잡으러 산으로 갈까?

gjjb****

황당하고 기막힌 건 우리요
사드보다 모래가 더 문제요

예전엔 봄에만 찾아들던 황사였었습니다.
좀 귀찮아도 손님이라고 오냐오냐 했더니
이젠 시도 때도 없이 쳐들어옵니다.
미세먼지 친구마저 이끌고 옵니다.
심지어, 우리를 괴롭히고
심각한 위해를 가하는 존재가 되었습니다.
대한민국의 맑은 하늘이 못마땅했던 것일까요?
'대' 국이라더니 이웃에 주는 피해까지
요모조모 이름값 하는군요.

황야의 무법자
사자의 그림자.
zzme****

황색 모래바람
사람잡네.
ru17****

황당하다 창문 밖이
사치로다 맑은 호흡.
추수

황색바람
사망주의.
다소루

황제의 나라에서
사막의 모래바람이 불어온다.
tidu****

황당하게 세차만 하면 비가 오네.
사막의 불청객까지 싣고
indi****

황제라면
사약을 내렸을 거다. 이 죽일 놈의 먼지.
유나유나

황금빛 신기루이면 얼마나 좋을까?
사실은 봄날의 불청객일 뿐.
kjnj****

황해 건너 와
사람 잡는 불청객.
sooj****

연락 할까 말까...
애 간장 태우는 밀당

과한 밀당은 연인들에게
큰 상처가 될 수도 있습니다.
사소한 오해와 삐침이 발전해서
둘 사이에 벽이 생기고
마침내 돌이킬 수 없는 상황으로 치닫기도 합니다.
사랑하는 사람에게서 받은 상처가 가장 아픈 법입니다.
약도 없는 고통으로 괴로워하기 전에
연애 중 불필요한 밀당은 삼가는 게 좋습니다.

연중무휴
애틋하게.
추수

연락은 왜 안 오는지, 폰이 고장 났나?
애가 탄다. 애가 타...
soya****

연기할 필요 없어.
애같은 면도 좋아.
우주의재롱둥이

연두빛이 초록색 되어 가듯
애틋하게 깊어가는 사랑.
dugh****

연기가 모락모락
애정이 끓고 있는 중.
샐리

연필심 닳아 없어지듯
애달픈 내 마음.
chak****

연일 보고 싶은
애틋한 내 마음.
su_s****

연락 중에도 보고 싶은
애달픈 우리 사이.
cyji****

연놈이 하나 되어
애정행각 하는구나!
rodd****

연신 서로 흘깃거리고 있는 거기 두 사람!
애써 감추려고 해도 소용없어. 다 보이거든!
아이네이아

구비 구비 힘든 인생
경치 한번 보고 가소

인생살이가 마치 구경과 같습니다.
뒤에 굽이진 길은 살아온 길이요,
앞의 오르막길은 살아갈 길입니다.
예쁜 꽃들은 아름답던 청춘이요,
천산만홍 단풍은 무르익은 중년의 모습입니다.
곱던 시절 돌아보는 즐거움에
꽃구경이 더 신나는 어르신들.
하지만 낙엽구경 가자는 말씀은
들어본 적이 없습니다.

구름이 흐른다. 바람이 불기에
경치가 좋다. 너와 함께하기에.
ryug****

구름이 뭉게뭉게 꽃은 살랑살랑
경치 보러 가자꾸나.
su_s****

구름을 따라서 바람을 벗 삼아
경치 좋은 곳을 다니고 싶소.
피렌체의 추억

구만리를 힘겹게 올라보니
경관이 수려하다!
rodd****

구름 걷고 달이 뜨니
경탄할 자태로다.
ybbn****

구절마다 명문이요
경치마다 장관이다.
베르테르

구석구석 빠짐없이
경차타고 전국일주.
추수

구급차도 오고
경찰차도 왔대!
soya****

구름 인파 사이로
경쟁 하듯 보는 재미.
ru17****

구회말이 가장 재미있는
경기.
soso****

구름같이 몰린 사람들
경사 났네, 경사 났네.
두둥실

정의로운 생각, 정의로운 실천이
치국(治國)하는 지도자의 첫 번째 조건

요즘 정치인들이 여러 가지 부정한 일로
하루아침에 정치인생을 마감하는 것을 흔히 봅니다.
정치가 사람을 못 쓰게 만드는 것일까요?
사람이 정치를 나쁘게 만드는 것일까요?
공자님께 여쭈어 봅니다.

"진실로 제 몸을 바르게 하면
정사政事를 베풂이 무엇이 어려우며,
제 몸을 바르게 못하면
어찌 국민을 바르게 하리오."

정신 차려,
치고 박고 너네들끼리 싸울 때가 아냐.
SOL

정녕 이게 최선이란 말인가?
치국평천하를 실현할 정치인은 없단 말인가?
icec****

정말 국민을 위한다면
치킨 가격부터 해결해주십시오.
11uu****

정말
치사해서 못봐주겠네.
정택근

정의롭고
치우침이 없기를...
jojj****

정말 잘 한다고 했잖아요
치졸하게 이럴 거예요?
이든맘

정정당당하게는 못하더라도
치사하게는 하지 말아줘.
dany****

정말인가요? 방금 하신 말들
치~ 맨날 거짓말만 하면서.
drug****

정책으로 승부하자더니
치사하게 네거티브.
bbol****

정신 못 차리고 있는 게
치매에 걸린 것 같구나.
개노답

정말로 국민이 뭘 원하는지
치열하게 다들 고민 좀 하소.
zzme****

공적인 일에
정을 개입시키지 마세요

공정하지 않은 사회,
흙수저로 지칭되는
서민들은 좌절하고
쥔자들의 갑질에 분노합니다.
공평하지 않은 관행,
옳지 못한 만행이
사회를 불신과 반목으로
썩어가게 합니다.
젊은이들이 희망을,
약자들이 평화를 되찾을 수 있도록
불공정 퇴장!
갑질 퇴장!
어떻게 안 되겠습니까?

공부는
정말로 한만큼 점수가 나온다.
먼데이맨

공채 특채 떨어진 게
정말로 내 탓인가요.
샤프심

공기놀이 하더라도
정확한 룰이 필요한 법.
winh****

공주, 왕자 따위 대접은 없어
정말 누구나 소중한 거니까.
ybbn****

공부만 죽어라했는데
정작 취업은 가진 놈 맘대로더라.
사발골

공부 좀 못해도
정당한 대우를 받는 세상.
hit9****

공유는 얼굴, 기럭지, 인기 다 가졌다.
정말 신은 공정하신가!
cpfl****

공공연한 학연, 지연, 혈연
정말이지 이젠 끊읍시다.
zzme****

민초들의 고통을
심폐소생 시켜줄 대통령 나와라!

선거 때만 되면
성가시게 나타나서
손목 삐어가며
악수 청하고 다니던 그들을
평소에는 찾아볼 수 없군요.
오늘 출근길에서도,
시장에서도,
인도와 차도에서도
여전히 민심은
외치고 있었는데...
하긴, 귀 막고 입만 연
사람들인데
무슨 기대를 하겠습니까?

민간인은 아무 것도 못할 줄 알았지?
심심해서 들고 일어난 게 아니야!
blue****

민망하지 않으세요? 포퓰리즘 공약 남발
심사숙고 하고 나서... 선거 날 보여 드리죠.
나날이

민망한 정치가 만드는 건
심란한 국민의 마음이요.
시니컬

민의를 저버리면
심판을 받게 된다.
ybbn****

민들레처럼 그 생명력
심하게 질기지.
wise****

민의를 모른단 말이요?
심히 걱정이 태산이요!
zzme****

민중의 계속되는 촛불시위에
심쿵한 대한민국 정부.
샤이니

민주주의 국가면 뭐하니
심란한 일 투성인데.
우주의재롱둥이

기억하세요
부자만 할 수 있는 건 아니라는 걸

부자가 천국 가려면
세금을 많이 내면 된다고 합니다.
하지만 스스로 세금 많이 내기란
좀처럼 어려운 일이니
기왕이면 기꺼이 내는 기부가
보기에도 좋을 듯합니다.
우리에게도 빌 게이츠와
워렌버핏처럼
존경받는 부자가
많으면 좋겠습니다.
불법 세습 일삼는
부끄러운 부자님들,
기부가 아깝다면
천국은 잊으시죠.

기분 탓인가, 주기만 했는데
부자가 된 느낌이야.
jyyo****

기분 좋은
부담.
yang****

기적의 시작
부의 나눔.
kjhjjy1142

기쁨이 두 배!
부러우면 내가 먼저!
100story

기적을 일으키는
부메랑.
가비

기쁜 마음으로 나누면
부자된 것 같은 내 마음.
베르테르

기꺼이 실천해야 하는
부자들의 필수 덕목.
hit9****

기다리지 마.
부자가 될 때까지.
dlct****

기분 좋은 나눔
부자가 되는 기분.
Arete

인간의 일은 모르는 거라고 하더니
연하남과 사귈 줄이야...

오는 인연을 피할 방법은 없습니다.
계획대로 이루어지지도 않습니다.
언제 어느 길목에서 짝을 만나게 될 줄은
아무도 알 수 없습니다.
길가의 돌도 연분이 있어야 찬다고 했으니
이왕 맺은 인연이라면 순순히 받아들이고
열심히 사랑하는 것이 좋을 것입니다.

인사만 잘해도
연인이 되더라.
rentailer

인고의 세월 흘러 흘러
연의 고리가 닿은 그 순간.
zzme****

인사만 하던 사이에서
연말을 함께 보내는 우리.
snow****

인생이라는 무대에서
연습도 없이 우리가 어떻게 만났을까?
kjhjjy1142

인생사 새옹지마
연연하지 말지어다.
ddae****

인간관계도
연필로 슥슥 그렸다 지웠다 할 수 있다면 얼마나 좋을까.
jyli****

선심 쓰겠다고 천 번 말하기보다
행복이 천 배 되는 한 번의 실천

아내가 청소할 때 모른 체했다면,
아내가 열심히 보는 드라마 채널을 돌려버렸다면,
휴일을 늘상 자신의 취미에만 투자했다면,
이거야말로 아내에게 악행을 일삼은 것입니다.
잊지 마세요.
선행은 모래에 쓰이지만,
악행은 바위에 새겨진다는 것을.

'선함'이라는 씨앗을 행동으로 싹 틔우면
'행복'이라는 꽃이 무수히 피어납니다.
kjhjy1142

선한 마음으로 모든 일을
행하면 복은 부메랑처럼 돌아온다.
베르테르

선뜻 건넨 한마디로도
행복을 전할 수 있어요.
나날이

선이 악을 이긴다고 믿는다. 하지만
행동하지 않는 선은 행동하는 악을 이길 수 없다.
임프

선생님 뉘신지 모르나 덕분에 세상은
행복하고 따뜻해졌습니다. 부디 건강하세요.
zzme****

선물 보다 더 큰
행복을 와락 안겨주는 행위.
snow****

자선냄비에
비상금을 털어 넣는 것

남녀의 사랑은 무자비입니다.
베풀면서 원하고,
행복하면서 괴롭습니다.
그러나 봉사와 희생, 배려와 양보는 다릅니다.
그것들은 만인에게 베풀고
고뇌를 덜어주려는 자비심의 발로이며
돌아오는 것이 없어도 행복합니다.

자애롭게
비처럼 내려 스며드는 것.
s2io****

자신보다 남을 생각할 때
비로소 알게 되는 거지.
sangD

자기 자신을 사랑해야만
비로소 완벽히 남을 사랑할 수 있는 마음가짐.
blue****

자신의 모든 것을 베푸세요.
비록 가진 것이 없더라도....
park****

자율적인 선택이다
비 오는 날 몰래 뒤에서 밀어주던 리어카.
tidu****

자기만 우산 쓰지 말고
비올 때 남도 씌어주길.
zzin****

가화만사성
정답입니다

결혼은 쉽고 가정은 어렵습니다.
은행에 돈을 저축하는 것보다
가정에 행복을 쌓아 가는데 힘써야 합니다.
서로에게 바라기보다
서로가 주어야 합니다.
잘 이룬 가정,
어떤 왕국도 부럽지 않습니다.

가끔은 벗어나고 싶지만
정신 차리고 보면 내가 있을 유일한 곳.
풀먹는 오리

가장 가까운 곳에서
정을 나누는 곳.
inah****

가까이 있어야
정도 많이 쌓입니다.
djssl1119

가족이 먼저인 당신!
정말 칭찬해!
행복한 사람

가장 흔해서 나도 이룰 줄 알았다.
정말 어렵네. 한 가정을 이루는 게.
park****

가슴 속에 있는
정겨운 단어.
rent****

효능 좋은 비타민 선물 하나보단
도란도란 오늘 있었던 일 열 개 말하기

부모는 열 자식을 키울 수 있지만
열 자식은 한 부모를 모시기 어렵습니다.
부모는 자식을 먼저 생각하지만,
자식은 자기를 먼저 생각하기 때문입니다.
자식 염려하는 부모의 귀퉁이만 닮아도
효자라 불리 우는 세상.
요사인 그나마도 보기 어렵습니다.

효자손 보다는
도~온이 최고다, 애미야.
gagi****

효녀심청은 진정한 효를 온몸 바쳐했지만
도시녀인 나는 용돈으로 대신한다!
이융th

효자는 셀프인데
도대체 왜 배우자에게 미루는 걸까?
풀먹는 오리

효심 가득 할 줄 알았던 내 아들
도리는커녕 얼굴 한 번 보기 힘드네.
ssop****

효과 좋은 만병통치약은
도리깨질 하듯 도닥이는 손자들의 안마.
꿈꾸는 네모

효능 좋은 거 백 번 보내봤자
도루묵이야. 얼굴을 비춰드려야지.
sangD

효가 돈으로 대변되는 세상
도리어 돈은 많아졌는데 효는 보이지 않는구나.
zzme****

사원들의
장바구니를 책임지시는 분

매달 한 번쯤은 지옥에 다녀오는 사람들.
대금결제 때문에, 직원월급 때문에, 밀린 임대료 때문에...
게다가 대출금 상환 독촉까지 받게 되면
살아있어도 산 것이 아닙니다.
책임이란 무거운 짐만 잔뜩 이고 가는
작금의 수많은 자영업 사장님들 ...
'사랑은 아무나 하나'가 아니라
'사장은 아무나 하나'로 고쳐 불러야 할 것 같습니다.
부디 힘내십시오!

사내에서 무얼 하든
장땡!
kjhjjy1142

사랑하는 직원 여러분
장소와 때를 가리지 않고 일해 봅시다.
말토쿠

사적인 감정은 없습니다만
장님 아닌 이상 퇴근시간, 저 시계가 안보이나요? 퇴근좀 합시다. 사장님.
gom8****

사원을
장인으로 만들어야 하는 직책.
gigy****

사람을 사랑하고 정이 넘치며
장소 불문하고 회사와 사원을 생각하는 리더.
zzon****

이제부터는 진짜 어느 한 순간... 사라질 수도 있다

봄들판에 싹 틔워
가을에 열매 맺고 생을 마감하는
일년초의 마음이 이사님 마음.
봄이여 다시 한 번!
열매여 다시 한 번!
계약이여 다시 한 번!
우리 이사님의 소망이
매년 이루어지기를 기도합니다.

이젠 다 왔다 생각했는데
사장이 내 위에 있네.
dms2****

이리저리 치이고 올라온 순간
사자로 끝나는 직함을 얻게 되었네.
tjud****

이 정도 되면 걱정 없을 것 같지?
사장 밑에 한번 있어봐라.
kjhjjy1142

이제는
사람을 봐야할 때.
wow1****

이 고비만 넘기면
사장이 될 수 있어.
zzon****

부하들아, 힘드냐?
장 돼봐라, 더 힘들다

이사님 사장님 눈치 보랴,
부하직원들 관리하랴,
거래처 챙기랴,
애들 대학등록금 걱정하랴,
사모님 비위 맞추랴,
자리 지키느라 정작 자신의 건강은
뒷전인 우리 부장님.
건강을 잃으면 아무 것도 의미 없습니다.
부디 건투를 빕니다.

부리나케 달려온 시절
장차 더 큰 꿈을 향해 노력해야 할 시기.
tjud****

부하 사원이었을 땐 그리도 부럽더만
장차 앞일을 생각하면 눈앞이 캄캄.
zzme****

부러움 받으며 승진해도
장단 맞춰주기는 끝이 없네.
Hana

부지런히 회식장소만 물색한다.
장차 자영업을 하시려나?
먼데이맨

부하직원의
장점을 칭찬해 주세요.
100story

차라리 대리 때가 좋았다
장관급 책임감에 고달픈 하루하루

결재권은 없고
일은 부장님보다 더 하시는 우리 차장님.
아마 부장님에게
가장 불만이 큰 분이실 겁니다.
부장만 되면 다 바꿔버리겠다며
도끼눈을 뜨시지만,
차장님, 인생 새옹지마란 사실을
잊지 않으셨으면 해요.

차라리 내가 사장 뒤꽁무니를 쫓지
장단 맞춰주는 것도 한계야. 김부장!!
Hana

차이점을 보지 말고
장점을 봐 주세요.
100story

차일피일 미루고 게으름 피우다가는
장밋빛 나날을 기대할 수 없다.
annj****

팀원들한테 욕먹고 상사한테 까이고
장난 아니게 힘든 자리

팀원을 생각하면 상사가 째리고
상사를 생각하면 팀원의 원성이 높아집니다.
어떻게 하면 팀을 잘 이끌어
실적도 올리고 인정도 받을 수 있을까?
팀장님의 흰머리가 늘어만 갑니다.

팀원들이 말하는 내 성격은....
장난 아님.
kjhjjy1142

팀원들 하고도 잘 지내야 하고
장차 설계할 미래도 끝이 없네.
tjud****

팀워크를 위해
장어 쏘겠습니다.
말토쿠

팀원들을 위해
장가 먼저 가세요.
rent****

과로만이
장수하는 비법

부장님에게 까이면서도
중요한 프로젝트는 도맡아 책임지는 우리 과장님.
업무비중은 대리 때보다 더 크지만,
사사건건 윗분들에게 불려다니며
혼날 것 다 혼나는 가여운 우리 회사 일꾼입니다.
그래도 직원들에겐
늘 다정하게 대해주시는 우리 과장님.
어서 승진하셔서 혼 좀 덜나시기 바랍니다.

과하게 아부를 떨어봐도
장기간 자리 유지하기는 힘드네요.
Hana

과도기인가보다
장애물 투성이다.
kjhjjy1142

과속은 금물.
장기전이 필요한 위치.
지아이제인

과로로 인해
장수하긴 글렀습니다.
말토쿠

과거에 어땠는지 보다
장장하게 펼쳐질 미래가 그래도 아직 더 눈이 부실 수 있는 위치.
annj****

대체 나보고 어쩌란 말이냐
리(이)리저리 휘둘리는 나의 위치

비로소 신입의 딱지를 떼고
아마추어에서 프로의 세계로 발을 내딤습니다.
하는 일마다 무게가 실립니다.
어깨는 무겁지만, 의욕이 충만합니다.
그러나, 과로를 조심하고
더욱 자기관리에 철저히 해야 할 때입니다.
혹, 대리라는 직책의 함정에 빠져선 안 됩니다.
업무상 과장이나 차장의 대리이지
인생까지 대리는 아니기 때문입니다.

대신 해줄 사람 있나요?
리턴하고 싶을 때도 있는 위치.
yh10****

대들지 말아야 하고
대신해야 하고
대충하면 안 되는 사람임을
리마인드(remind) 할 것.
annj****

사람대접
원합니다

회사의 사원들은 가야금 줄과 같아서,
너무 느슨하게 하거나 너무 죄게 되면
좋은 소리가 나지 않습니다.
아름다운 연주를 기대하는 경영인이라면,
사원들을 가야금 다루듯 한 줄 한 줄
신중하게 조율해야 합니다.
그런 다음 자신의 연주 솜씨를 발휘하는 것이
최상의 화음을 만들어낼 수 있는 비결입니다.

사고치고 실수해도
원래 다 그런거야! 하고 응원 받을 수 있는 자리.
yh10****

사무치게 그립다. 백수시절
원 없이 일만 하다가 죽지는 않겠지?
tjud****

사는 게 뭔지... 나
원 참...
이유진

사장도 아닌데
원 없이 일한다.
100story

사직서만 쓰라하지 말아 주세요.
원하시면 야근에 특근까지 할게요.
유튜버 탄탄

사람이 아닌가요. 우리는?
원망만 하지 말고 제대로 가르쳐 줘요!
acto****

사직서 내면 꽃길 걸을 수 있을까.
원수는 어딜 가나 있겠지.
esun****

사실 있는지 없는지 모를 수도 있는 존재
원래 그런 존재니 너무 슬퍼하지 말자.
annj****

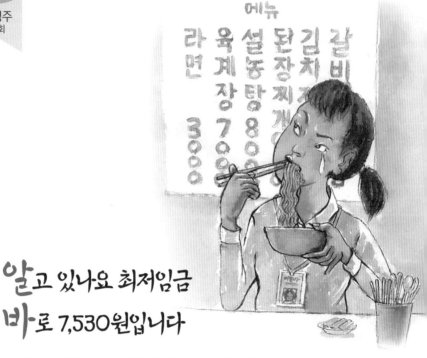

알고 있나요 최저임금
바로 7,530원입니다

세상엔 갑질하는 사장님들만 있는 것은 아닙니다.

알바생을 존중하고 가족처럼 배려하는,

어른다운 사장님도 많습니다.

말 한마디도 따뜻하게 해주고,

힘들 땐 쉴 수 있게 해주며,

횡포부리는 손님들로부터 막아도 주고,

열심히 일하면 깜짝 보너스를 챙겨주기도 합니다.

이렇게 어려운 현실을 헤쳐가는데

등대같은 존재가 되어 주고

인생공부도 시켜주시는 사장님을

모든 알바생이 만나게 되기를 소망합니다.

그런 사장님의 마음에 꼭 드는 알바생이 된다면 금상첨화겠죠?

알뜰살뜰 모아
바로 등록금 행.
upbe****

알지도 못하면서
바보 취급하지 말아요.
100story

알면서도 항상 숙여야 하는 고개 "죄송합니다 고객님"
바라! 나도 밖에선 언제나 당당한 딸이고 고객이다.
cpfl****

알이 배기도록
바닥을 닦아주는 시간제 계약직.
gjgy****

알다가도 모르겠는 어려운 일
바로 첫 사회생활.
차보람

알려주셔야 알아서 할 수 있어요.
바라는 게 너무 많네요.
SoulFree

알량한 자존심 다 굽혀가면서
바라는 대로 해드립지요.
Hana

알람소리 왔네. 오늘 일 끝
바통터치 부탁해.
zzin****

우리 삶을
창작 이행시로
담았습니다

우리 삶이
이행시 속에
다 있습니다

조금도 애국심이 없는 나,
국기만 보면 왜 뭉클해질까?

올림픽이나 월드컵경기 때
편파적으로 응원하게 되는 이유.
머나먼 타국에서 한국말을 들으면
반가워지는 이유.
외국인이 메이드 인 코리아를
사용하는 것을 보면 자랑스러워지는 이유.
어떤 이유로 떠났어도 돌아가고 싶은 곳.
조상의 숨결과 내 후손의 미래가 있는 그 곳.

조각난 퍼즐을 모아 맞추듯
국민의 힘을 모아 이루어 낸 글로벌 코리아.
Hana

조미료가 필요할까.
국가를 사랑하는 그 순수한 마음에.
khw9****

조만간 이룰 것이다.
국민이 주인인 내 나라 대한민국.
demi****

조금의 망설임도 없이 말하겠습니다.
국가의 주인은 국민입니다!!
csd1****

유난히 비가 없는 초국의 달,
월령가라도 부르면 영령들이 도와주실까?

보리를 베고 볏모를 심는,
농경사회에서 가장 바쁘지만 가장 좋은 때 망종.
그래서 고려 헌종 때 전사한 장병들의 뼈를
집으로 보내 제사를 지내게 했으며,
조선시대에는 병사들의
유해를 매장했던
6월의 망종입니다.
우연이 아니었군요,
이 땅의 민주주의를
지켜낸 숭고한 넋들을
6월에 뜨겁게
추모하게 되는 것이.
잊지 않겠습니다.
당신들이 그토록
염원하던 것들을.

유유히 어디론가 떠나고 싶지만
월급이 내 발목을 잡는 계절.
지아이제인

유난히도 날이 좋아서
월차 써야겠어.
k1219****

유채꽃이 피는 봄이 지나
월화수목금토일 더운 날이 오려고 하네.
dlwo****

유유히 사라진 봄의 뒷모습처럼
월급도 어김없이 사라지겠죠.
Hana

유난히 무더운 올 여름엔
월차내고 바다로 뛰어들고 싶다.
우엉우엉

유감이네.
월급이 에어컨값으로 나가네.
zzin****

유유히 시간 흘러 올해도 절반이 갔네.
월차는 접어두고 담달 여름휴가 계획이나 잡자.
demi****

휴대폰을 껐습니다
가족과 함께하는 시간이니까요

휴가지 까지 일을 끌고 오는 것은
프로답지 못한 행동입니다.
아내와 아이들이 신날 때까지,
한마음이 되어 돌아갈 때까지
노는 것에 집중해야 합니다.
휴가란 가장에게 부여된
또 하나의 중차대한 임무이기 때문입니다.
일과 휴식, 두 마리 토끼를 모두 잡는
프로 가장이 요즘 대세입니다.

휴대용 지도하나 들고
가방 하나 메고, 그 어느 곳이든 신나게!
tale****

휴지가 물에 젖은 것처럼 절어버린 나.
가까운 곳이라도 좋다. 그저 쉬고만 싶다.
sy02****

휴양지로 떠나려니
가슴이 두근두근.
dlwo****

휴지통에 잠시 버리고 싶다.
가장이라는 무게를.
upbe****

휴식은
가족과 함께.
적도의퀸

휴머니즘의 실천은
가까운 나로부터.
even****

휴대폰 배터리를 충전하듯
가끔 나도 충전하자.
rent****

휴일만을 오랫동안 기다려왔건만
가버리는 건 한순간이네.
응가

휴대폰 화면에 적어두고
가슴 떨리게 기다려온 날.
k1219

휴지 한 장도 아껴서 돈 모았다.
가기만 하면 된다.
demi****

장날에 여름을 구입했다
미니 화분에서 6월의 향기가 났다

품에 안으려면 찌르는 꽃,
상처받은 사람들의 마음으로
붉게 물든 장미의 꽃말은
열렬한 사랑입니다.
뜨거울수록 아픔도 큰 사랑,
잘 이겨내면 장미꽃처럼
아름다운 결실로
피어나겠지요.

장고의 세월을 견뎌낸
미의 결정체.
khw9****

장보고 오는 길에
미소가 이쁜 너가 생각나서 하나 샀어.
ehda****

장난 아니게
미인이시네요, 이 꽃처럼.
rent****

먼 곳에 있지 않습니다
지금 당신 콧속으로 쏙쏙...

먼지로부터 시도때도 없이 공격받는
무서운 세상이 되었습니다.
그 책임이 우리에게도 있다는 것을 안 이상,
앉아서 중국탓 정부탓만 하고 있을 수 없습니다.
무심하게 반복해왔던 공기를 오염시키는
습관을 끊어버리고 청정캠페인에 적극 동참해야 합니다.
내가 오염시킨 공기가 더 엄청난 괴물이 되어 돌아오기 전에.

먼 곳으로
지나가라.
최인호

먼 우주의 티끌이 일수도 있지만
지금은 내 옆에서 내 코를 간질이네.
seun****

먼 곳에서 조용히 스민다.
지금도 내 몸 속에 쌓이는 너.
lyri****

먼 곳부터 치우려고 생각하지 말고
지금 내방부터 치우자.
ehda****

먼저 하세요.
지구를 지키는 일.
베르테르

하도 밝아서
지금 저녁인지 몰랐어

농부는 낮이 짧고 연인들은 밤이 짧습니다.
낮이 가장 길다는 하지이지만,
한 해 농사의 성패가 달려있는 중요한 시기이기에
농부는 모 심으랴 물 대랴 긴 낮도 아쉽습니다.
하지만 젊은 연인들은
사랑을 나눌 밤이 짧아 아쉬우니
이렇든 저렇든 하지에는 안타까움이 넘칩니다.

하루가 길다한들
지금만큼 길까?
csd1****

하악하악,
지친다.
베르테르

하루가 길게 느껴질 때 있나요?
지금이 바로 그때입니다.
담비비담맘

하소연 하지 못할 땀샘의 폭발,
지나가길 바라는 계절이 몸을 울린다.
yri****

하늘이시여,
지금 비를 주소서.
최인호

칠부바지도 이제 덥구만..
월매나 더 벗어야 시원할꼬...

칠월엔 더위를 주시되
이겨낼 수 있는 힘을 주시고,
즐길 수 있는 여유를 덤으로 주소서.
큰 욕심 없사오니,
부디 언제 어디서든 사랑하는 사람들과
시원한 치맥만은 즐길 수 있게 해 주소서.

칠석이 있어 내심 설레는 달.
월광아 내 짝 얼굴 좀 비추어주라.
khw9****

칠칠맞게 에어컨 예약 안하고 자면
월말에 전기세 폭탄.
zzin****

칠흑 같은 어둠 속에 떨어지는 빗방울
월화수목금 계속 내리는 장맛비.
자두풀

칠칠맞게도 휴가 대비 돈을 못 모았다.
월급이나 모으자. 공휴일도 없는 달인데.
sy02****

칠흑 같은 어느 여름밤
월명은 유난히도 밝구나.
gkdu****

칠성급 호텔이 아니어도 좋다.
월화수목금금금 열심히 일한 당신 떠나라, 여름이다!
zzme****

방긋 웃는 학생들 얼굴
학수고대하던 바로 그날

방학이라 해도 제대로 놀지 못하는 요즘 아이들이 안쓰럽습니다.
옛날엔 아이들에게 방학이 곧 천국이었는데...
골목친구들과 어울려 구슬치기, 자치기, 제기차기, 고무줄놀이, 비석치기 등
해저물 때까지 수도없는 놀이에 열중했었죠.
물론 개학 일주일 전쯤부턴 밀린 숙제를 하느라 지옥같은 시간이었지만.
부탁컨대, 옛날 생각해서 애들 방학 때 좀 놔주면 안 될까요?

방구석에만 있을 거야?
학교 안 가는데!!!
wpeahen

방바닥이
학교지요.
최인호

방콕하고 싶은 방학인데
학원 아침부터 가야하네.
천임숙

방심했다. 벌써
학교 가는 날이다!
자두풀

방에서 나오지 않아도 되네.
학교를 안 가니 좋다.
밍쥬씨

방구석에 있지 말고 나가 놀아.
학수고대한 시간이잖아.
kjin****

방콕이 허락되는 날들
학처럼 고개를 빼고 기다린다.
bilbo****

방구석에 에어컨 하나 없는데
학교가 차라리 낫지...
7910

시원한 원두막에 모여 수박 먹고
골짜기 뛰어놀던 그 시절이 그립네요

달리기 보다 걷게 되는 길,
천천히 가지만 더 많은 것을 보는 시간,
산이 들려주는 깊고 나즈막한 노래,
강이 달려가며 전해주는 윗마을 소식,
새들이 조잘대며 누설하는 숲속의 비밀,
멀리서 시도하는 산짐승의 수줍은 통성명....
고단한 사람들이 돌아와 비로소 발견하는 시골의 기적들.

시간이 참
골골대며 가는 곳.
7910

시시콜콜한 이야기들이
골목과 거리에서 공유되는 곳.
sy02****

시원한 계곡 물이 흐르는
골짜기 아래 할머니 댁에 가고 싶다.
베리

시시하다고 하지 마.
골목골목 내 추억이 앉은 곳이야.
gemmak125

시시한 일들도 재미있어지고
골칫거리도 없어지는 시골 여행.
자두풀

시시하고 심심할 듯하지만
골목마다 정이 넘치는 마음의 고향.
kimi****

시내에서 멀찍이 떨어져
골짜기에 발을 담그니 이것이 바로 신선놀음.
bilbo****

바라보면 탁 트여 마음이 시원해
다가가면 차가워 두 발이 시원해

물을 내보낼 곳이 없으니
온 세상 물을 품을 수밖에 없는 것이
바다의 숙명입니다.
모든 것을 받아들이므로 편안해진 바다.
바다처럼 인정할 것은 인정하고,
받을 것을 받고
줄 것을 준다면
우리도 편안하게
도에 이르게 되지 않을까요?

바지락은 살 수 있지만
다슬기는 살 수 없는 곳.
gkdu****

바람도 좋고 하늘도 좋고
다함께 동해로 떠나볼까?
자두풀

바나나색 튜브를 끼고
다 같이 풍덩!
풀먹는오리

바로 이곳이 세상 모든 물들이
다 모이는 곳이다.
csdl****

바짓단 고이 접은 엄마는 참방참방~
다 젖은 아이는 신나서 첨벙첨벙~
s998****

바라보는 저 수평선 너머엔
다른 세상 있을까.
anny1118

바보처럼 굴어도
다정하게 받아 주는 넓은 마음.
kbon****

바라만 보고 있어도 짜
다.
유튜버 탄탄

피난길 같은 여름휴가
서울에도 좋은데 많아요

마음속까지 시원해지는 피서가
진정한 피서입니다.
마음가득 잡다한 것들이 들어차 있는데
어찌 시원한 바람이 들 여지가 있겠습니까?
떠날 땐 마음을 비우세요.

피로와 땀으로 치이던 어느 날
서늘한 곳에서 수박 한 조각의 행복.
cpfl****

피난가자
서릿발 같은 시원함을 찾아서.
ryug****

피자에 얼음 띄운 콜라 한 잔이면
서울도 잠시 맘속의 피서지.
풀먹는오리

피하고 싶은 한여름 더위
서울을 벗어나 시원한 바다로 가자.
knib****

피한다고 피해보지만
서서히 사람들만 모이는 걸.
etoi****

피곤할 줄 알면서도
서로 앞 다투어 가는 행렬.
pek9****

피하고 싶어
서늘한 곳으로.
우기

피할 수 없다면
서로 마주하자, 더위야!
hyun****

피하고 싶은 뜨거운 태양
서해로 갈까?
mono****

피곤하다 할지라도
서둘러 떠나고 싶은 것.
flco****

피씨방이면 어때
서늘하고 배고프면 먹고
졸리면 자고 그게 천국이지.
zzme****

도전! 나도
카피라이터
선정작

류지혜
14회

복실아, 조심해
날이 덥구나

못 먹고 살던 시절에야 보신탕 한 그릇에도
원기가 솟아 큰소리 뻥뻥 쳤다지요.
지나친 고영양 식생활 탓에
건강을 위협당하는 요즘엔
의미 없는 옛날이야기일 뿐입니다.
이제 천만명이 넘는 사람의
가족이 된 강아지들입니다.
더 이상의 보신이란 허울 속에
희생당하는 일이 없길 바랍니다.

복장 터지는 소리지.
날씨를 핑계로 개를 먹다니!
풀먹는오리

복불복으로 즐겨봅시다.
날씨는 덥지만 이겨낼 음식은 많아요.
char****

복스러운 삼계탕 한 그릇에
날마다 찌푸리던 얼굴엔 미소가 가득해지네.
이사녹

복 중엔 가만 있어도 땀이 줄줄,
날이 날이니만큼 보양식을 냠냠.
occa****

복작복작 끓고 있는 냄비 속 삼계탕,
날개는 네가 먹고 다리는 내 몫이네!
s998****

복실이가 사라졌다.
날 두고 어디로 간게냐...
thde****

폭발할지 모르니
서로서로 피해갑시다

너무 더울 때는 추울 때를
추울 때는 더울 때를 생각하면,
견디는데 도움이 된다지만
막상 상황이 닥치면 별반 소용이 없습니다.
'이 또한 지나가리라' 하고
버티는 것 외에
뾰족한 수가 없습니다.
이 무더위 또한
시간이 해결해 줄 테니까요.

폭폭 익어간다.
서 있기만 했는데...
레헷

폭삭 늙는 것 같아
서 있기만 해도.
우구시

폭염에 폭우에
서서히 미쳐간다.
nancylee2

폭염주의보 발령.
서늘한 곳에서 발라당!
occasio

폭증하는 전기세,
서러운 내 지갑.
한정은

폭염으로 찌는 듯한 더위에
서 있기만 해도 땀이 주르륵.
csdl****

폭풍이 불어와 태양을
서쪽으로 빨리 옮겨줬으면...
팝송바라기

폭염이 지속될 때는
서늘한 도서관이 최고!
우기

임자! 월급 들어왔수?
금방 왔다갔어요

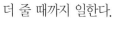

서민들이 보수를 더 받는 세 가지 방법.
더 일한다.
더 죽도록 일한다.
더 줄 때까지 일한다.

118

임자에게 다 줬잖소.
금쪽같은 내 월급봉투.
달빛k

임시로 맡아주는 거예요.
금방 사라집니다.
우구시

임무를 완수한 것 치고는
금액이 적잖아요!
khw9****

임원 월급의 반의반도 안 되는 돈,
금쪽같이 아껴 써도 얼마가지 못하더라.
occa****

임을 향한 마음,
금이야 옥이야.
호영이

임은 갔습니다.
금세 사라졌습니다.
한정은

임은 품어들어야 맛!
금도 품고 있어야 맛!
키작은도로시

생 까면 화나죠
일 년에 한번 뿐인 날인데

세상에서 사랑하고 의지하는 사람은
오직 남편뿐입니다.
생일만큼은 그의 깜짝 이벤트를 즐기며
함께 행복한 시간을 갖고 싶습니다.
하지만 남편은 늦습니다.
아니 잊었는지도 모릅니다.
취해서 밤늦게 돌아와 쓰러진 남편을 보며
커다란 그 무엇이 무너지는 것을 느낍니다.
사랑한다지만 그가 사랑하는 건
진정 무엇일까요?

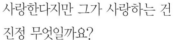

생의 여정을 시작케 했던
일 년 중 단 하루, 나만을 위한 기념일.

뿌뿌빠빠

생전 처음으로 세상에 나온 귀중한 날인데
일부러 축하한다고 때릴 필요는 없잖아.

seun****

생존해있는 내가
일단은 자랑스럽다.

khw9****

생각해보면 별거 아니지만
일상처럼 보내기엔 아쉬워.

우구시

생각해보니
일 년이 또 다시 지나갔구나.

준환

생생해 아직도
일생 처음 너를 만나던 그 날이.

winh****

생각만 해도 좋다
일주일 전부터 들떠있다.

nancylee2

생전 연락도 없던 친구들이
일찌감치 설레게 하는 날.

khw9****

입춘 지난 지 엊그젠데
추석이 코앞이네

가을이 시작된다지만
무더위가 기승을 부리는 입추입니다.
동 트기 전이 더 어두운 것처럼,
새로운 문이 열릴 때에는
늘 헌 것의 마지막 반격이 거센가 봅니다.
나랏일만큼은 앞으로 나아가는 발걸음이
적폐에 발목을 잡히지 않으면 좋겠습니다.

입술이 메말라가네요.
추위가 오려나 봐요.
우우니

입고 있던 푸르름을 벗어던지고
추워지는 계절을 단풍으로 오라하네.
록비

입이 노랗게 물든 벼를 보니
추수할 가을이 오고 있구나.
zzin****

입사귀들이 형형색색 붉게 물들고
추억이 몽글몽글 떠오르네.
tjdu****

입고 있던 옷을 무심코 벗었는데
추운 공기가 날 감싸며 가을을 알리네.
gywjd275

입었던 여름옷을 이제 정리해 볼까?
추워지려면 아직 멀었어.
테도리

입술을 빨갛게 바른 여인이
추파를 던져 줬음 하는 가을이 성큼!
지금여기에

광장엔 만세폭풍이 휘몰아쳤고
복더위조차 상쾌했다

1945년 8월 15일,
빛을 되찾은 감동이 한반도를 휩쓴 날.
작금의 8월 15일,
휴가를 떠나는 차량이
고속도로를 메우는 날.
복날쯤으로 여기다간
다신 빛 못 볼 수도 있습니다.

광장에서 광야에서 부르짖은 아우성이
복된 대한민국의 밑거름이 되었습니다.
kdav****

광야를 헤매며 믿어 왔지.
복잡한 거리거리마다 불릴 그 소리를.
dohj136

광활했던 그 날. 이제는
복된 날로 기억한다죠.
유튜버 탄탄

광탈 당한 주권이
복권된 감격의 날.
하승희

광화문 거리에 모였던 뜨거운 불꽃
복잡했던 그날의 기억들 잊지 말자.
모험가

만두를 두 개 샀는데
세 개가 담겨 있잖아!

횡재 앞에서 만세소리는
누구라도 자동으로 터져 나옵니다.
하지만, 총칼 앞에서 감히 만세 부를 수 있는 사람이
세상 어디에 있을까요?
우리나라 사람들은 그랬습니다.
일제 침략자를 향해, 독재정권을 향해,
두려움 없이 대한민국만세를 외친
그런 국민입니다.

만 명이 함께 외치면
세상이 바뀝니다.
zzin****

만 원에. 딱 한 시간만!
세일합니다.
기억정리자

만 20세가 되던 날,
세상에게 외쳤다.
지민 꽃

만년 과장 쥐꼬리 월급에
세금 감면 좋은 소식 기대합니다.
kdav****

만 원짜리 받았어!!!
세뱃돈!!!
Benbo

만기수령 날이 다가왔다.
세 개의 내 적금통장.
모험가

만수르 만큼
세금 내보고 싶다.
fullm55n

만 천하에 알리자.
세상이 바뀌었다고!
howe****

만삭의 아내로부터
세상으로 아기가 나왔을 때.
khw9****

안 하는 자식들은 모르지만 부모님 마음은 그게 아니랍니다

당신이 그랬던 것처럼,
당신의 부모님이 당신을 낳고
눈물 흘리던 모습을 상상해 보셨습니까?
당신이 그랬던 것처럼,
당신의 아들이 홀로 사는 당신과
연락을 끊고 살면 어떨지 상상해 보셨습니까?

안지 한 2년 다 되어가네.
부인이랑 식사 한번 하세.
gung0078

안 바뀌었네.
부인 얼굴.
clair de lune

안심하실 수 있도록
부모님께 드리는 인사.
kha0****

안 보고 싶은 사람이 물어오면
부담스러운 것.
kjhjjy1142

안녕하지~?
부모님도 잘 계시고~?
문복사

안 보니 궁금하네.
부쩍 네가 보고 싶어져.
haem****

안 하면 후회한다.
부모님께 자주 연락하기!
녹차푸푸

안 좋은 날도 좋은 날도
부디 잘 지내시오.
sfpl****

안 궁금한 건 아니었어...
부끄러워서 못했던 거야.
khw9****

안 좋은 소식도 좋다.
부디 연락해라.
fbrl****

명심보감 유회왈 明心寶鑑 劉會曰
언부중리 불여부언 言不中理 不如不言

명심보감 유회가 말하길, 말이 이치에 맞지 않으면 말하지 않음만 못하느니라.

제아무리 근사한 명언이라도
그와 같이 행동하지 않는다면 췌언(贅言)에 불과합니다.
현인들이 남긴 명언을 평생의 좌우명으로 삼아
마음과 몸가짐을 바르게 지켜간다면
인생길 망신스런 일만큼은 피할 수 있을터인데...
누구보다 많은 명언을 외치던 정치인들의
볼품사나운 몰락을 보며, 떠오르는 명언이 있습니다.
'말만하고 행동하지 않는 사람은 잡초로 가득 찬 정원과도 같다'.

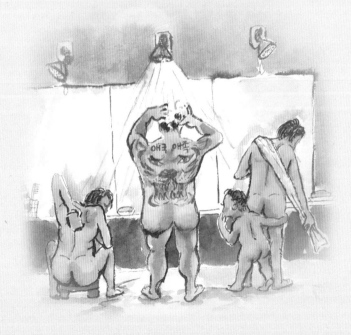

명사수처럼
언제나 맞다.
노날

명치끝이 저릿하다.
언제 들어도 좋은 당신의 말 한마디.
베르테르

명심하고 있으면
언젠가는 힘이 되어 줄 말.
susa****

명카피에는
언어의 유희가 담겨있다.
aha2****

명실상부하니
언중유골이라네.
dssy****

명함은 내 이름을 남기고
언행은 내 마음씨를 남긴다.
clair de lune

물건 사려 가서
가슴 쓸어내리는 일은 없었으면

〈물가가 분노유발자인 이유〉

– 늘 오르기만 한다.

– 올라가면 내려오는 법이 거의 없다.

– 서민만 아프다.

– 늘 지나치다.

– 이해가 잘 안 된다.

– 부자들은 올라도 잘 모른다.

물건은 몇 개 되지 않는데
가만 있자, 이게 다 얼마야?
immi****

물건이 아무리 마음에 들었어도
가격표 보면 바로 마음이 돌아선다.
amie****

물건 값은 오르는데
가장 중요한 월급은 왜 그대로냐.
녹차푸푸

물끄러미 쳐다보다
가격표 보고 놀란 요즘 물가.
테도리

물건 사기가 겁난다.
가다 뒤돌아보면 또 올라있네.
zzme****

물처럼 돈을 써봐도 장바구니는 가볍고
가성비냐 가용비냐 오늘도 그것이 문제로다.
미소힘

물만 마셔도
가계가 휘청,
estr****

물어봤는데...
가격이 너무 하네..
olio****

물을 사러 가서는
가격보고 흠칫 놀란다.
gung0078

물 값마저 올랐네.
가계부 쓰기 싫다.
occa****

가시나야! 책 좀 봐라~
을매나 재밌는데

가을에서 낙엽을 빼면
무엇이 남을까?
나에게서 너를 빼면
무엇이 남을까?
사랑의 셈법에 빠져드는
마법의 계절.

가버려라, 더위!
을매나 징글징글했는지 아나!
fbri****

가랑비가 여름에게 갈 길을 재촉한다.
을씨년스러운 날씨. 내 마음도 쓸쓸해지는 계절이다.
clair de lune

가지만 우는 게 아니란다. 가을만 되면
을매나 우는 남자들이 많은지.
유튜버 탄탄

가슴이 턱 막혔던 그 뿌연 미세먼지,
을매나 기다렸던가 저 맑고 파란 하늘을!
zzme****

가만...
을마 안 남았구나, 올해도.
kell****

강가에는 녹조라떼가 넘치고
물은 그만 보내 달라고 아우성치네

넓은 세상 보고 싶어 바다로 가는 강물.
높은 곳에서 낮은 곳으로,
인간의 법으론 헤아릴 수없는
물의 법을 지키며 흘러갑니다.
그 길을 막고 물의 법을 깨려는 사람들에게
물이 마지막으로 묻고 있습니다.
"그게 최선이냐?".

강 따라 오르니 산 만나고
물 따라 내려가니 바다 있더라.
occa****

강이 우리에게 주는 교훈은
물 흐르듯이 자연스럽게 살아가라는 것.
prin****

하~ 맑다 맑아!
늘 이랬으면 좋겠네

답답할 땐 하늘을 보라 하지만
하늘을 보면 더 답답해집니다.
가진 것 없고 억울한 백성들 하소연 받아주던
그 맑고 창창하던 조선의 하늘,
다시 보게 되는 날이 올까요?

하얀 구름도 바라만 보았네
늘 한결같이 푸르던 그 곳.
베리

하루에 한번이라도 올려다보자
늘어진 어깨를 쫙 펴고 고개를 들어보자.
gjjb****

하릴없이 변하지 않는 것들이 있다.
늘 푸른 소나무 그리고 하늘.
유튜버 탄탄

하얀 구름이
늘상 그림처럼 떠 있는 자연의 미술관.
prin****

하얀 구름도 쉬어가는
늘 너른 품.
yeon****

하루에 한번도 바쁘다고 못 봐주는데
늘 너는 나를 위로해 주는 구나.
zzme****

추억이 새록새록 한가위 고향
석유곤로 위 익어가던 부침개냄새

천지와 조상에게 고마움 가득 안고
추석은 만나는 날입니다.
보고 싶은 마음 커지라고 달도 최대로 커집니다.
고향 잘 찾아가라고 구석구석 환히 밝혀줍니다.
부모님, 형제자매 껴안고 반가움에 울던 그 때 그 마음,
더도 덜도 말고 한가위만 같아라.

추풍낙엽처럼 떨어지는 자존심.
석사 사촌형은 왜 또 내려왔대.
khw9318

추~울발! 고향 앞으로
석류 익은 뒷마당이 아른거리네.
zzme****

추하고 거지같은 추석연휴 아침의 내 모습
석기시대 원시인보다 더러운 거 실화냐.
dbwl****

추울 때 보고 한참 있다 이제 보는데 많이 컸네. 녀
석. 오랜만에 용돈 좀 줘야지.
love****

연달아 또 먹고 노는구나~
휴~ 이번엔 몇 키로나 찔까

직장인일 땐 달콤한 보너스,
사장님 되면 멈추는 썩세스.
아전인수(我田引水) 하면 서로 불편하고,
역지사지(易地思之) 하면 서로 편해집니다.
연휴만 보아도 그럴진대,
정치하는 분들
입장 바뀌었다고 서로 비방하기 전에
부족한 자기의 지혜를 돌아보는 것이 어떨까요?

연이은 쉬는 날에
휴~ 애들 먹일 삼시세끼 메뉴가 걱정이네.
미소힘

연달아 쉬어도
휴일 끝엔 한숨 뿐.
duck37

연애세포 살리려다
휴지심처럼 끝을 본 내 지갑.
wndls025

연이어 울리는 까똑
휴가는 무슨 개뿔.
zzme****

연달아 쭉 쉬어서 좋아요.
휴~ 근데 성수기라 비싸서 엄두가 안 나요.
꿈꾸는백조

연강에 실험에 1교시 수업에 레포트에...
휴! 이제야 좀 쉬겠네!!
아이네이아

연말까지 쭈욱~
휴일이었으면 좋겠다.
비투제이

성의가 없군요. 자손들이...
묘에 잡초만 무성하네요

성묘를 갈 때마다
봉분이 보이지 않을 정도로
잡초가 무성한 묘를 봅니다.
자손들이 외국 나가서 사나?
모두 이 세상 사람들이 아닌가?
찾지 않는 묘는 쓸쓸함을 넘어
인생의 무상함을
뼛속까지 전해 줍니다.

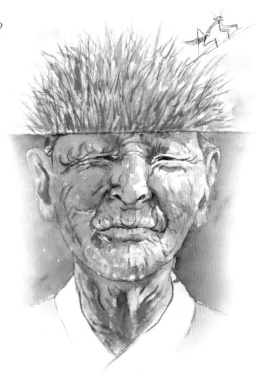

성실해서 매번 오는 게 아니라
묘비에 새긴 긴 추억이 그리워 오는 겁니다.
fbrl****

성질, 한 성질 하셨지
묘하게 그리운 욕쟁이 할머니.
occa****

성함도 몰랐던 증조할아버지 성묘인데
묘하게 슬퍼지네.
he99

성큼성큼 산에 올라
묘지에 절을 올린다.
s657****

성인이 되고나서야
묘 앞에서 그 슬픔을 가슴으로 느낄 수 있었습니다.
khw9318

성님 뭐하세유~
묘 가꾸러 가야지유~.
용용이들

한 명의 백성도 빠짐없이
글을 읽고 쓸 수 있게 해주셨구나

"후손들이 우리글이 없어서, 입으로는 우리말을 하지만
손으로는 한자를 쓸 수밖에 없다면
결국 중국의 속국을 면치 못할 것이다."
세종대왕님의 혜안이 한글을 탄생시켰고,
후손들은 일제의 한글 말살 폭압에도
목숨을 걸고 이를 지켜냈습니다.
지구상의 식민지였던 나라들이
자신들을 지배한 강대국의 언어를 쓰는 것을 보면
우리가 정말 자랑스럽습니다.

한국 사람들의 자부심. 이제
글로벌 부러움을 사고 있습니다.
khw9318

한 마디 해도 되겠소?
글자 중에 최고는 한글이라고!
김민아

한 남자가 있었네. 백성을 존중하고 사랑한
글자를 만들었네. 백성의 까막눈을 뜨게 한.
zzme****

한자와 우리말이 달라 글을 읽고 쓸 수 없는 어리석은 백성을 위해
글을 쉽게 읽고 쓸 수 있게 하였노라!
clair de lune

한자를 계속 썼다면
글쎄... 난 까막눈이지 않았을까...
jdbs****

한평생 사랑할게
글자 중의 최고의 글자, 한글.
바리스타오

새색시 맛난 음식 머리에 이고 오니
참았던 배고픔이 눈 녹듯 사라지네

우리 농업을 새참이 지켜온 것이라면 과언일까요?
고된 일로 힘이 모두 소진되었을 법한데,
국수 한 그릇과 막걸리 한 사발,
깍두기 몇 토막 뚝딱 해치우고는
수퍼맨으로 변신했던 우리 농부들.
농사가 전부였던 만큼 농부들은 소중했고,
그들을 힘나게 할 먹을거리는 소박했지만
장만하는 여인들의 손끝에는 정성이 넘쳐났습니다.
새참을 능가할 보양식이 있을 리 없는 까닭입니다.

새로 지은 밥이 아니면 어떠랴.
참기름에 고추장만 넣고 비벼도 이렇게 맛난 것을...
jdbs****

새콤달콤 비빔국수, 일하다 먹으니
참 맛있다.
love****

새벽녘에 별을 보며 나섰지요.
참 정확히도 울려대는 배꼽시계, 식사시간만 기다립니다.
베르테르

새벽부터 저녁까지 이어지는 시간 중에
참으로 반가운 시간은 이 시간이 아니겠는가.
wndle025

김을 앞니에 붙이고
치즈 대신 외치는 말

주의를 주었는데도 해외 호텔이나 식당에서
몰래 싸갖고 간 김치를 먹다가
벌금내거나 쫓겨난 이야기를 종종 듣습니다.
이렇듯 단 하루도 포기할 수 없는
우리 맛의 고향, 유산균의 보고, 영양덩어리 김치.
유네스코 인류무형유산에
김치와 김장문화가 등재되면서
그 우수성이 더욱
빛나게 되었으니,
조만간 몰래 싸가지고
다니지 않아도 될 날이
올 것 같습니다.

김나는 라면 앞에서
치명적인 매력을 뽐내다.
khw9318

김이 모락모락 나는 하얀 밥 위에
치익 찢어 올려서 맛있게 냠냠.
Mister 5

김이 모락모락 나는 나는 맨밥부터
치즈처럼 느끼한 음식까지 아우르는 우리 밥상의 시작이자 끝.
미소힘

김이 모락모락 하얀 쌀밥 위 친구는
치맥보다 더 맛있는 빨간 옷의 바로 너.
wndle025

누구일까?
이 이쁜걸 훔쳐갈 도둑놈이

이래도 예쁘고 저래도 예쁘던 내 누이.
어느덧 세월이 흘러
온몸 구석구석 아프다면서도
자식들 걱정에 주름을 펴지 못하는
반백의 아줌마가 되어버렸습니다.
마음과 달리 오빠구실 못해준 것이
못내 미안하고 가슴이 아파옵니다.
조금이라도 삶의 주름을
펴주어야겠다는 다짐을 해봅니다.
부모님이란 한 나무의 가지로 살면서,
바람에 흔들리기도 하고
울리기도 웃기기도 하던 시간들이 시리게 다가옵니다.

누어서 머리 만져주면 잠들던 너인데
이제 너의 머리에도 서리가 내렸구나.
winh****

누꼬?
이이~~ 내 이쁜 동생이구마이...
찡찡

누가 누가 잘하나.
이쁜이 내 여동생이 제일 잘하지.
love****

누가 감히 울린 거지?
이렇게나 귀여운 내 여동생을!
아이네이아

누런 치아, 감지 않은 머리, 세수는 언제?
이랬던 녀석이 데이트한다니 요정으로 변신.
미소힘

21~30

우리 삶이
이행시 속에
있습니다

시궁창 안에서도
인생을 노래하네

신문이 도착하는 아침마다 시인을 만나러 갑니다.
악취 나는 1면, 2면을 외면한 채
저 뒤쪽의 28면쯤에서 멈추면
그 곳에선 오늘 하루 내 삶을 향기롭게 해 줄
어느 시인의 노래를 들어볼 수 있습니다.
쓰레기더미 옆에 핀 조그만 꽃과 같이 시인은
살만한 이유를 귀뜸해 줍니다.
세속의 미화원 시인들이,
시궁창 같은 세상을 더 많이 정화할 수 있게
신문의 1면에서 늘 만나게 되면 좋겠습니다.

시도 때도 없이
인생을 노래하는 자.
김민아

시시콜콜 이야기 모아.
인생사는 이야기 모아.
dugd****

시간의
인연을 기록하는 사람.
라카체

시도하고 또 시도하다보니
인생의 한 줄이 쓰이더라.
etro****

시들어가는 감성에
인공호흡을 합니다.
100story

시크한듯 무심하게
인생을 노래하는 사람이로구나.
prin****

시시하다고 생각한
인생에 아름다운 의미를 색칠해 주는 이.
July****

시간과 공간을 뛰어 넘는 표현을 볼 때면
인간이 아닌 듯 싶다.
khw9318

시덥지 않은 글 몇 줄 써 넣고
인세에 눈먼 인간들 반성해라.
occa****

혼인, 그거 사랑으로 하는 건데
수저 두 벌이면 안 되나?

혼수걱정에 혼수상태에 빠지는 예비 신랑신부가 천지입니다.
과도한 혼수를 부정하면서도
정작 닥치면 고민에 빠지는, 이상한 혼수의 마법.
건강한 생각과 용기로 작은 웨딩을 올리는
젊은이들이 늘고 있지만,
사회에 만연한 혼수의 마법을 깨뜨려 줄
정의의 마법사는 아직 오지 않고 있습니다.
어쩌면 그 마법사는 누구나 지니고 있는 상식, 지혜, 용기...
뭐 그런 거 아닐는지요.

혼자 살아버릴까!?
수도 없이 고민하게 만드는 군.
찡찡

혼자 준비하고 싶었는데
수없이 부모님께 감사할 뿐이다.
khw9****

혼자가 싫어 함께 가는 길
수업료가 좀 드네요.
many****

혼자서는 절대 준비할 수 없는
수없이 많은 시어머니의 물품 목록.
good****

혼나면 방에 들어가 문 잠그고 울던 바보가
수납장이며 가전제품이며 함께 보러 다니자 하네.
tidu****

혼사 전
수렁에 빠지는 단계.
김민아

혼자 사는 삶 청산하려니
수중의 돈 다 쓰겠다.
hatmdgml

낙심 마시오
엽록소를 채워 다시 오겠소

헤어짐과 쓸쓸함이 낙엽의 전부는 아닙니다.
무수한 발에 밟혀도
정겨운 속삭임으로 돌려주는 해탈,
온몸 부서져 땅으로 돌아가면서도
나무를 보듬는 어머니 마음.
내려오니 편안하다 참 편안하다!
깊디깊은 깨달음도 낙엽이 주는 선물입니다.

낙법을 배운
엽록소 빠진 잎사귀.
김민아

낙서를 해도 좋아요, 노오란 은행잎
엽서에 붙여주면 가을편지랍니다.
many****

낙하산 타고 떨어지듯
엽록소 잃은 단풍의 하강.
love****

낙심한 사람들에게 계절이 보내는 위로의
엽서 조각들.
prin****

낙하산들이 예쁘다.
엽록소가 디자인했단다.
풀먹는 오리

추풍에 낙엽 질 때면
억새밭에 숨어 입맞춤하던 그가 생각난다

추억이 재현되어서 좋지만은 않을 것 않습니다.

헤어진 첫사랑과 다시 만나서 이루어진다?

처음엔 좋겠지만, 지금만큼 살고나면 역시 현재 배우자와

티격태격하는 상황과 똑같이 되지 않는다는 보장이 있을까요?

이루어지지 않았기에 그리움도 있고,

추억하는 낭만도 있을 겁니다.

추억이 없는 사람은 단팥없는 찐빵과 같습니다.

추한 것들은 잊어버려요.
억지로 마음에 담아 두지 말아요.

구월이만

추한 모습이라 지우고 싶은 흑역사도 지금 보면
억수로 풋풋하고 귀엽데이...

mj20****

추했던 내 모습
억수로 부끄럽네.

유소피아

추했다 하더라도
억수로 아름답게 남는 것.

유튜버 탄탄

추울 때 꺼내어 떠올리면
억수로 따신 기억.

rain****

추워지니 엄마가 끓여준 추어탕 생각이 난다.
억시루 맛있었는데...

안녕반짝

추어탕 먹고 싶다.
억소리 나게 맛있던 맛집이었는데...

김시은

추리닝 입고 소개팅 나왔던
억수로 훈남이었던 당신, 어디 있나요?

아비모르

신랑도 잘생기고...
부럽다 가스나야~

신부라면 꿈꾸어 보는 남편상.
사랑은 원저공,
재물은 만수르,
근육은 아놀드 슈왈제네거,
집안일은 돌쇠...
결혼하고 살면서 꿈이 깨져버린 신부들이
무섭게 변하는 것도 이해가 갑니다.

신데렐라가
부럽지 않은 단 하루.
dion

신출내기
부인.
김민아

신랑이 있었으면 좋겠다.
부부놀이 좀 해보게.
시몬베유

신기하다.
부케만 받던 너가 드디어 던지다니.
khw9****

신랑의
부족한 것을 채워 주며 사는 여자.
화전산방

신명나는 결혼이어야 하는데
부엌대기 될까봐 겁난다.
안녕반짝

신사숙녀여러분,
부럽습니까? 저 오늘 결혼합니다.
유튜버 탄탄

입 돌아가겠네
시험공부 하다가

구해주고 싶습니다.
쉬고 싶어도 쉴 수 없는 아이들,
자고 싶어도 잠들지 못하는 아이들,
예뻐지고 싶어도 꾸미지 못하는 아이들,
사람답게 사는 것을 포기당한 이들에게
입시감옥을 탈출할 수 있는 열쇠를
몰래 쥐어주고 싶습니다.
바람처럼 자유롭게 꿈을 향해 날아갈 수 있도록
풀어주고 싶습니다.

입구부터 **빽빽한** 플래카드와 응원하러 온 후배들,
시험 보는 수험생들 모두 힘내세요.
clair de lune

입장 바꿔 생각해봐,
시험문제가 쉽냐고.
유튜버 탄탄

입에 거미줄 치지 않게 하려면
시험에 반드시 통과해야 하느니라.
화전산방

입신양명을 꿈꿨지.
시시하게 끝났지만.
khw9****

입학을 위해 눈이
시뻘게지도록 공부했네요.
김민아

입학과 동시에
시작되는 공부전쟁!
lina****

입학하기만 하몬 내하고 싶은거
시컷할란다. 그때까지만 참는다.
zzme****

첫 번째는 모든 것이 설렌다
눈도 그렇다

첫눈은 아름답지 않습니다.
결코 행복하지 않습니다.
첫눈은 늘 아름답게 포장된 채
기억되었을 뿐입니다.
영화처럼 엇갈려버린
연인이 생각나서 속상하고,
지각으로 망쳐버린
일들이 떠올라서 분하고,
속수무책 미끄러지던
그 날의 기억에 아찔합니다.
첫눈이 심하게 퍼붓던
어느 새벽골목을
불편한 몸으로
리어카를 끌며 휘청이던,
폐지 줍는 할머니도
슬프게 떠오릅니다.

첫 데이트의 설렘이 하늘에 닿았는가.
눈부신 설화를 흩날려주시네.
basicgw

첫째야, 문 열어라.
눈 온다.
ksy4****

첫사랑은
눈만 내리면 생각난다.
베르테르

첫차 타고 너를 만나던 날.
눈이 내렸어, 운명처럼!
아비모르

첫돌 지난 우리 딸에게 보여주려고
눈이 빠지도록 기다리고 있어요.
김민아

첫 미명에 산허리에 올라보니,
눈이 시리도록 청명한 설국의 아침.
basicgw

김이 하얗게 서리도록 추워도
장모님의 손맛은 어김이 없네

김장은 공동체문화의 꽃입니다.
함께 나누며 더 나은 삶을 창조해 온
조상의 슬기입니다.
김치에 담겨있는 수많은 양념의 조화처럼
가족과 이웃의 이야기와 역사가
고루 비벼져 숙성된
자랑스런 우리 문화입니다.
그래서, '김~~치' 하면 사진도
더 예쁘게 나오나 봅니다.

김치에 밥만 먹어도 좋은 날,
장독대가 모처럼 배 채우는 날.
hatmdgml

김치 담게 다들 모이라!!
장 봐갈게요~.^^
csd1****

김치 직접 담근거야?
장사해도 되겠어~.
khw9****

김칫독 묻을 일도 없다.
장 보러 다닐 일도 없다. 홈쇼핑, 앱 깔면 할인!
occa****

김치의 계절! 다들 모여~, 김치 담그자.
장소는 엄마 집, 이번 주 토욜~ 통들 꼭 챙겨 와.
pixy010

김치 만든다고 생에 처음으로 재료를 손질해봤다.
장난 아니게 힘들다. 김치는 사먹는 게 최고다.
sy02****

연인인 듯 뜨겁게 모시더니
탄 뒤엔 발로 차 버리네

연탄에 구멍이 많은 것은 생각이 많아서입니다.
배고픈 사람이 따뜻한 밥과 국을 먹었으면,
추위에 떠는 사람이 언 몸을 녹였으면,
위험한 빙판길 안심하고 걸었으면...
그렇게 해서 한껏 따뜻해진 마음으로
세상과 끊어진 저 산동네 높은 곳,
얼어붙은 마음들에게 날 좀 전해줬으면,
온기를 이어 줬으면...

연말 오기 전, 겨울나기 채비 품목.
탄 쌓인 부엌은 바라만 봐도 따뜻했다.
kell****

연신 검어지고 희어지다.
탄 채로 버려져도 가만히 새벽을 여시네.
basicgw

연고는 없지만
탄탄한 정으로 올겨울도 자원 봉사한다.
강산

연달아 몇 장을 깨먹고
탄로 날까 두려움에 떨었지...
khw9****

연기로 구들방을 뜨끈하게 데워주던 은은한
탄내가 그립다.
csd1****

연기는 매웠지만 너로 인해
탄성이 절로 났지. 뽑기, 오징어구이.
zzme****

겨울 가을을 만끽하기 시작했는데
울 때나 흐르던 콧물이 벌써부터 줄줄... 춥다

겨울은 역시 계절의 어른입니다.
차가운 이성으로 우리에게 기다림과 인내를 가르치고,
떠날 때 희생과 헌신을 생색내지도 않습니다.
단지, 우리가 봄의 매력에 흠뻑 빠지도록
슬그머니 자취를 감출 뿐입니다.
겨울의 가르침이 없었다면
과연 이토록 봄의 고마움을 알 수 있었을까요?

겨드랑이가 또 시리구나!
올 애인은 어디에 있으려나.
zzme****

겨우 나뭇가지만 앙상하게 남았다.
울창하던 잎사귀들은 다 떠나간 지 오래인가보다.
prin****

겨드랑이까지 춥다.
울고 싶다.
nams****

겨우 붙어있던 마지막 잎새 다 떨군 나무들,
울창한 계절 꿈꾸며 안으로 안으로 단단해지고 있다.
nuna****

겨자보다 매서운 추위다.
울동네 산동네.
nams****

온 세상이
정말 아름다워지는 방법

만약, 당신이 힘들고 위급한 상황에 처하게 됐지만
아무 것도 할 수 없을 때,
주변 사람들이 모른 체 한다면,
그래서 모든 걸 포기할 수밖에 없다면,
어떤 심정이셨습니까?
지금도, 당신의 가까운 곳에
배고픈 사람, 아픈 사람, 위험에 처한 사람,
포기하려는 사람들이 너무 많습니다.
온정의 손길은 당장 필요합니다. 뛰어가야 합니다.

온천지의 독거 어르신들
정성으로 보살피세.
nams****

온 세상 심금을 울리는
정성이 강물처럼 흐르기를.
basicgw

온도계로 잴 수 있다면
정말 따뜻할 텐데.
김민주

온갖 선물도 좋지만
정말 필요한 건 당신의 따뜻한 손길입니다.
zzme****

온도를 1도 높이면 몸이 건강해지구요
정을 나누면 마음이 행복해져요.
happ****

온전히 혼자 피어나는 꽃은 없다.
정을 나누고 온기 주면 언젠가 꽃이 되는 것을.
minj****

온 누리에
정이 듬뿍.
화전산방

온기를 나눌수록
정이 불어납니다.
이연희

온돌방의 훈훈함처럼
정말 따뜻한 마음.
김민아

내 몸에 2.4도 추가!
복잡한 생각 없이 슉, 착!

환경부와 지자체가 2009년부터 전개하고 있는
'온(溫)맵시 캠페인'이라고 들어 보셨나요?
겨울에 따뜻하게 입고 실내 난방온도 낮추어
온실가스를 줄이자는 운동입니다.
내복만 입어도 3도 정도 체온 상승효과가 있으니,
실내온도를 그만큼만 낮춰도 연간 304만 톤의 온실가스 감소,
소나무 4억 6천 그루 심는 효과를 볼 수 있다는 겁니다.
더 솔깃한 이야기는,
체온상승으로 면역력이 증가하고,
피부건조와 잔주름의 예방도 된다는 것이니,
올 겨울부터는 내복 입고 환경도 위하고
피부건강도 챙겨야겠습니다.

내가 스스로 너에게 손이 가는 나이가 되다니...
복부까지 내려오는 따스함에 너를 받아들이겠다.

hiya****

내 몸을 따뜻하게 해주는
복덩어리 같은 옷.

prin****

내 사는 나라. 기름 한방울 안 난다.
복덩이 껴입고 올 겨울도 따뜻하게.

occa****

내 안에
복 있다.

tidu****

내일부터 강추위다.
복어처럼 두툼히 껴입자.

nams****

내가 추우면 입는 거지,
복잡하게 남 눈치 볼 거 없어요.

zzme****

내는 추워도 개안타
복덩어리 같은 우리 며느리 따숩게 입고 댕기라!

yllo****

내 안에 너 있다.
복닥복닥 온기를 품은 아이템.

ehxh****

내가 처음으로 월급 받던 날,
복이 들어온다는 빨간 내복을 사들고 웃으며 집으로 향했다.

lslc****

성가대의 맑은 목소리로 예수님의
탄생을 맞이하자

아기예수님이 가난하고 지친 이들을 위해
낮은 곳으로 임하셨다는 성탄절.
화려한 불빛에 가려 예수님이 잘 보이지 않습니다.
캐럴 소리 드높은 곳에 서민들의 한숨소리 드높고,
성탄트리 반짝일 적에 헐벗은 이들의 눈물이 반짝입니다.
거룩해야할 날의 의미가 거북하게 다가옵니다.

성공한
탄생.
100story

성냥에 불 붙여 거리마다 촛불 환히 밝히니,
탄성이 절로 나오네. 메리 크리스마스!
joanah

성인이 돼서 가장 하고픈 일,
탄산 말고 알콜 파티 투나잇.
janesure

성난 겨울바람의 매서움에도 불구하고
탄생한 경이로운 빛.
뿌리깊은 새싹

송편 빚은 지 엊그제
년말 대상을 보고 있는 오늘

올 한 해 어떤 모습으로 살았는지 돌아보는 일은
다음 인생길을 걸어가는데 있어서 매우 중요한 일입니다.
버릴 것과 가져갈 것을 정리해야만 먼 길을
가뿐히 걸어갈 수 있기 때문입니다.
만일 스스로 고쳐서 가져가는 것이 많다면,
그 것은 무거운 짐이 되기보다
오히려 가볍고 빠른 날개가 되어줄 것입니다.

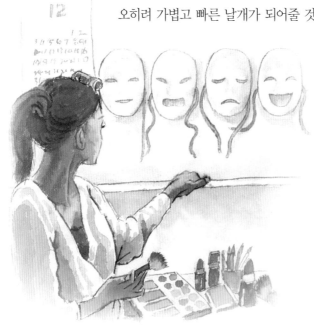

송구영신하는 것은 해마다
연습하고 또 해봐도 좀처럼 익숙해지지를 않네.
joanah

송구스럽지 않게
연말연시 가족과 함께.
100story

송구영신 차분하게
연말연시 가족이랑.
kell****

건전한 술자리문화
배우면서 한 잔 짠!

건배는 서로의 건강과 행복을 빌기 위해
함께 술잔을 드는 것입니다.
그러나, 지나친 건배는 과음이 되고,
과음은 건강을 해치거나 사고로 이어져서
도리어 서로에게 불행을 건배하는 꼴이 됩니다.
좋은 뜻으로 시작한 술자리 건배.
적당히 끝내고 안전하게 귀가하시죠!

건성으로 빈 잔을 들었다간
배신자 소리 듣습니다. 원샷!

joanah

건물주가(선창) 꿈이다!(합창)
배워서(선창) 남 주냐!(떼창)

occa****

건재하게 살아 낸 오늘의 우리,
배꼽 잡고 웃을 내일을 기대하자!

haye****

건강을 위한 건배?
배만 더 나온다.

blac****

건강했던 이번 년,
배부를 다음 년.

뿌리깊은 새싹

제대로 살아보자고 결심한 올해
야속하게도 남은 시간은 하루 뿐

한 해의 마지막 밤은 늘 아쉽습니다.
그래선지 사람들은 모여서
술도 마시고,
노래도 하고,
종소리도 듣고,
뜬 눈으로 밤을 샙니다.
그런다고 가지 않을 밤도 아닌데...
가고 오는 것은
자연의 섭리입니다.
마지막 밤처럼
인생도 반드시 갑니다.
다만, 갈 때까지
최선을 다하는 삶은
아름답고 영원히 기억됩니다.

제일 아쉬움이 많은 날.
야간의 종소리로 다시 희망을 낚는 밤.

ulbo****

제가 할 일은 산더미 같은데,
야속한 밤은 끝자락에 있습니다.

뿌리깊은 새싹

제발 다음 해에는
야식 그만!

이예은

제대로 된 1년을 보내고 싶다면,
야심찬 종소리와 함께 시작하세요.

khw9****

제아무리 뒷걸음질 쳐도
야심차게 다가오는 새해.

tjdu****

제갈량도 울고 갈 신년 계획으로
야심찬 새해 전날 밤. 정동진에서~.

basicgw

새로운 시작!
해피 뉴이어!!

정초마다, '작심삼일'의 틀에 갇혀
단 한 발도 앞으로 내딛지 못하고
매번 어제의 자리로 돌아온다면,
당신은 평생토록 진정한 새해를 만나보지 못한
불행한 어제의 사람입니다.
오늘 마주치는 아침이슬과 산들바람도
어제의 것이 아니기에
더 영롱하고 신선한 법입니다.
새 날은 내게 다가오지 않습니다.
내가 새 날로 다가가야 합니다.
마음먹은 순간 일어나서 뛰어가십시오.

새삼 느끼네.
해피하게 한 살 더 먹기가 얼마나 어려운지.
park****

새하얀 도화지에
해맑게 소망 다시 쓰기.
zzme****

새로운 맘 다시 먹으라고
해가 바뀌나 보다.
haem****

새 출발을 위한 다짐은
해돋이를 보며.
sunh****

새 기분으로
해를 맞이하는 두근두근 신년!
hjht****

새벽 정동진에 뜨는 태양을 보면
해묵은 1년의 때가 싹 가시죠.
khw9****

새로운 나를 만나는 날,
해가 바뀌는 그날. 새해.
ener****

운명에만 맡기면
세상살이 재미없죠

로또복권도 내가 사야 대박기회가 있습니다.
꿈도 내가 잠을 자야만 꿀 수 있습니다.
당첨확률 높은 복권가게를 찾아가
줄을 서든, 억지로 잠을 자든
결국 운(運)이란 것도 내 노력을 기울여야
기대할 수 있습니다.
매일 '오늘의 운세'에 일희일비 할 것이 아니라,
한 길을 꾸준히 연구하며 가다보면
어느 길목쯤에서 멋진
운을 만날 수 있을 것입니다.

운전 할 일 있다면 내일로 미루세요!
세차했는데 비 온다. ㅜㅜ 망했다.
아비모르

운은 50% 확률이지만
세상은 100% 땀과 노력이다.
zzme****

운명을 운에 맡기는 것만큼
세상에서 어리석은 일이 또 있으련가.
utr7****

운명같은 사랑이 오냐고 물으니,
세차게 고갤 흔드시네. 아 올해도 솔로로구나.
jdei****

운 따위 믿지 않는다던 내가.
세세하게 다 받아 적고 있다.
khw9318

운명을 믿지 않으련다.
세상 속 풍파를 견디며 성장하는 나를 믿을 뿐.
ener****

운이 올 때까지 실력으로 버텨라.
세상은 기다리는 자에게 기대하는 것을 가져다준다.
occa****

서서히 포근하게 내려와
설악산 등허리를 하얗게 감싸주네

눈은 누구에겐 서설이 되지만, 동시에 누구에겐 악몽이 됩니다.
데이트하는 연인과 결혼식 올리는 신랑신부에겐 상서롭지만,
미끄럼, 낙상, 교통사고를 당한 사람에겐 그저 상스러울 뿐입니다.
농부에게 풍년의 기대를 갖게 하고,
시인에게 영감을 선사하지만,
운전기사에게 힘든 하루를 겪게 하고,
제설작업에 동원된 병사들에게 고행을 선사합니다.
하지만, 어느 새벽 기별도 없이
소복히 찾아온 흰눈을 마주하게 되는 순간,
누구라도 일단은 설렘을 피할 수 없을겁니다.
나의 동심을 만나러 온 서설이니까요.

서쪽 사하라에 눈이 왔대요.
설마 하던 일이 생겼어요.
haem****

서울이든 어디든 눈 내리는 곳은
설레임이 가득하다.
joanah

서로 앞 다투어 내리던 이쁘디 이쁜 눈.
설마 출근길 막은 것이야.
jisu****

서성거리며 걷는 눈 아래,
설레임으로 가득 찬 눈 발자국.
didd****

서성이다 너를 못 보고 돌아서던 길.
설핏 돌아본 눈 내린 길 위에는 내 발자국만 너와 만난다.
시몬베유

소처럼 일하는데
망하지나 않았으면 좋겠네

많은 사람들이
이행시의 매력에 빠져주기를...
이 책이 눈앞이 깜깜한 사람들에게
작은 희망이라도 줄 수 있기를...
이 책이 우리말의 재미와 우수함을
조금이라도 전할 수 있기를...
이 책이 좀 팔려서
어려운 이웃 몇 분이라도
도와드릴 수 있기를...

소원이 있다면
망설임 없이 돈 쓰는 생활.
park****

소중한 우리 아기 건강히만 태어나라.
망을 보듯 서성이는 아버지의 그림자.
chob****

소녀가 접은 종이학 수천 마리에는
망울진 마음이 가득 담겨있다.
joanah

소중하게 가꾼 꿈이 하나 있다면
망망대해 같은 현실도 버틸 수 있어요.
haem****

소원을 말해봐.
망설이지 말고.
depr****

소소한 것이라도 괜찮으니까 해보세요.
망설이지 말고.
새벽빛나비

소중하게 마음에 품어서
망가뜨리고 싶지 않은 것.
the_****

세상에나!
월세 내는 날이 벌써 돌아왔네

저리도 많은 아파트 중에 내 집 하나 없다니...
좋은 세월 꿈꾸며 그토록 숱한 시간과
싸우며 버텨 왔는데...
이대로 허송세월이 되어 버리나...
내겐 좋은 세월은 오지 않고,
월세 내는 날만 빨리 오네.

세상이 흘러가는 방향은
월화수목금토일.
sksw****

세금 떼고 나니 별 볼일 없는
월급처럼 금세 사라져 버리는 것.
joanah

세상 무뚝뚝하게 변한 아내여도
월급날만 되면 돌아오는 애교.
아비모르

세금 낸 지 얼마 됐다고 또
월초에서 월말까지 시간 증발.
yubi****

세상살이 힘들어도
월요일 금방 일요일 되더라.
toye****

결혼 5년차, 피눈물 나는 노력
실실 웃게 됐다. 아들딸 동시획득!

세상에서 가장 아름다운 열매는 배도 사과도 아닙니다.
바로 자식입니다.
인간이 사랑을 기울인 것 중에서
보람이 가장 크고 가치있는 결실,
눈에 넣어도 아프지 않다는 내 새끼,
키우는 것만으로 보상을 받고도 남는다는 예쁜 새끼,
나를 다 주어도 아깝지 않은 보물, 내 자식입니다.
어서어서 결혼하고 열심히 사랑해서
지상최고의 결실을 꼭 수확하십시오.

결심이 수십 번이라도
실천이 없으면 남는 게 없다.
짱구

결과가 안 좋아도
실력은 쌓인다.
100story

결과로 돌아오면
실로 다 말할 수 없는 기쁨.
임리부

결과를 원한다면
실행이 답이다.
zzme****

결국 당신의 꿈은
실현 될 거예요.
김정현

결국에 너는 해낼 거야.
실패를 두려워하지 마.
한칠

희한하게 눈엔 안 보이는데
망연자실 할 때마다 찾아오는 거대한 힘

희망이 어디로부터 오는지 아시는지요?
희망은 늘 우리 주위에 있습니다.
농부의 밭일수도 있고,
엄마의 주방일수도 있고,
아이의 책일 수도 있고,
아빠의 직장일수도 있고,
빛없는 밤 촛불일수도 있습니다.
우리가 절망할 때,
예사로 생각하던 것들이
어느 날 엄청난 힘으로
늪에서 우리를 끌어내 줍니다.
희망은 그런 것입니다.

희미한 가능성에
망연자실 하지 않는 것.
녹차푸푸

희소가치가 있다는 사람이라는 것을
망각하지 말아요.
jineevely

희한한 방법으로 나라 망친 사람들.
망신 좀 톡톡히 받았으면 좋겠네요.
zzme****

희미해져가는 너의 꿈에
망원경이 되어줄게.
한칠

희한하게,
망하지를 않아. 내 마음은.
유튜버 탄탄

희박한 가능성을 믿고 열심히 헤엄치자!
망망대해에서 보물섬을 만날 그 순간까지!
uinj****

도망치지 말고
전설이 되자

하늘을 날고 싶은 충동을 느낄 때,
결코 땅을 기라는데 동의할 수 없다. _헬렌켈러

도전없이는 꿈에 한 발짝도 다가설 수 없습니다.
지금의 나를 바꿀 수 있는 것은 오직 도전뿐입니다.
하지만, 간절히 바라더라도 가보지 않은 길은 두려운 법입니다.
위험하지 않을까? 잘 될까? 실패하면 어쩌지? ...
도전은 그런 두려움을 극복하는 것에서부터 시작입니다.
두려움 때문에 용기를 낼 수 없다면,
좋아하는 길을 찾아보세요.
좋아하는 길에 도전하는 사람이라면
그 과정에서 두려움보다는 재미와 만족을 깨닫게 됩니다.
그 결과 도전에 더욱 열중하게 되고 성공은 자연스럽게 따라올 것입니다.

도리어
전투력 상승!
임리부

도무지 다른 방법은 모르겠습니다.
전진하는 것만이 저의 선택입니다.
uinj****

도망치지 말고
전심전력하라.
100story

도저히 안 될 것 같은 일에도
전심을 다하는 것.
녹차푸푸

도대체
전 뭔가요? 일하고 싶어요.
짱구

목탁소리 은은히 울려 퍼지면 내 마음 속
욕심의 찌꺼기들이 씻겨 내려가네

몸을 자주 씻지 않으면 더러워지고 냄새나듯이,
마음도 자주 씻지 않으면,
생각에 때가 끼고 말에 가시가 돋습니다.
반성은 때를 미는 것과 같고,
선행은 비누질,
독서는 로션을 바르는 것과 같습니다.
몸들은 매일 씻지만
마음은 보이지 않는다고 하도 씻지 않아서
세상에 이렇게 냄새가 진동하나 봅니다.

목련꽃처럼 하얗게 피어난 거품들이
욕조 안에 누운 내 몸 위를 둥둥 떠다니네.
joanah

목감기 코감기에 고생하지 마시고
욕실에서 깨끗이 씻고 예방 해봐요.
gang****

목에 때 좀 봐라 하시며 온 몸을 씻겨주시느라
욕보신 어머니, 그 손길이 그립고 감사합니다.
zzme****

목간에서는 몸만 씻는 게 아니야~
욕심도 씻고 미움도 씻고 마음을 깨끗하게 씻는 거지.
김채하

복덕방하는
권사장, 1등 당첨됐대!

복권을 서민의 꿈이라고도 합니다.
한 방에 인생을 역전시킬 수 있기 때문이죠.
부자들은 복권보다 투자에 더 관심이 있습니다.
확률이 훨씬 높기 때문입니다.
그러나, 부자들이 투자할 수 있는 큰돈이 있는 반면
서민들은 기껏해야 복권 몇 장 살 돈 밖에 없는 것이
사실상의 이유입니다.
뒤로 엄청난 돈을 벌고도 부자들이 표정하나 바꾸지 않는 반면,
복권당첨 소식에 쓰러져 응급실로 실려 가는
서민들의 삶이 애잔합니다.

복을 돈으로 얻을 수 있는
권리를 사는 것.
k030****

복 받을
권리는 나에게도 있단다. 어서 오렴~.
김채하

복덕방에 붙은 '1등 당첨집'
권했던 아주머니 미워요!
khw9****

복용하듯 구매합니다. 오늘도
권문세족처럼은 아니어도 사람답게는 살아보고 싶으니까.
joanah

국가의 근본은 권력자가 아니라
민초들이다. 피 흘려 이 땅 지킨 진짜 주인 말이다.

국민을 주인으로 섬기겠다며,
머슴을 자청하고 나선 이들이 바로 정치인들입니다.
그런데, 머슴이 거짓말을 밥먹듯이 합니다.
일은 안하고 매일 몰려다니면서 싸움만 합니다.
하고 싶은 것이 있으면 주인이 그렇게 시켰다고 우겨댑니다.
감히 주인집 처자를 희롱하기도 하고 꼴 같지 않게 바람도 피웁니다.
주인보다 재물과 전답이 더 많은 머슴도 많습니다.
새경을 올려받고 싶으면, 죽자고 싸우던 놈들과 잠시 한 패가 되기도 합니다.
이러니, 가끔 이 나라의 주인이 정치인들이고,
국민은 그들의 머슴이 아닐까 하는 착각이 들 때가 많습니다.

국수 한 그릇으로
민심은 흔들리지 않습니다.
김채하

국가의 주인이자
민주주의의 결실.
tidu****

국가의 위대한 힘은
민심일체.
yoov****

국적은 대한민국, 우리는 자랑스런
민주주의 국가 사람이다.
berryvery

국가의 주인은
민주주의도 아닌 대통령도 아닌 바로 당신입니다.
jume****

서로 부둥켜안고 상경했던 그날 밤
울지 말고 성공하자 다짐했네

저 아름다운 서울야경의 이면에는
결코 잊어선 안 되는 청춘들이 있습니다.
달랑 꿈 하나 가슴에 품고,
무작정 상경했던 6~70년대 팔도 젊은이들입니다.
운이 좋아 성공한 이들도 있었지만,
검은 손길과 힘 앞에 인생을 송두리째
빼앗겨버린 이들도 있었습니다.
반세기나 지나 그들의 눈물이 모두 말라버렸다고 믿었는데,
아직도 서울의 곳곳에선 힘없고 빽없는 약자들의 비명이 들려옵니다.
야경이 화려해질수록 서울의 눈물이 많아지는 것 같습니다.

서사시 몇 편 나왔을 이 도시가 좋다.
울며 시집왔는데 웃으며 잘 산다.
anna****

서서히 좁아지고 있는 땅 덩어리
울 자녀들이 살만한 곳은 남아 있을는지!
dssy****

서쪽으로 가면 바다, 동쪽은 산
울타리인 듯 경기도, 여기 명당 맞다.
kell****

서대문, 종로, 동대문, 전통과 문화의 도시 강북
울창한 빌딩 숲, 자연이 함께 하는 미래도시 강남.
occa****

서러운 혼밥과 씨름하겠지만
울지마요. 어머니! 보란듯이 잘 살게요!
tidu****

서 있으면 코 베어간다지만
울 가족과 함께라면 걱정 없다! 사랑해용.
쏭쏭

서러운 일들이 많을 거라고 단단히 마음먹고
울지 않고 노력하면 꿈을 이룰 수 있는 곳.
smil****

서쪽 하늘로 오늘도 노을은 지네.
울 엄마 보고 싶은 서러운 서울살이, 청춘의 두 번째 고향살이.
여우고양이

부럽다 친구야!
산과 바다가 눈만 뜨면 다 보여서!

부산(釜山)이란 지명이
가마솥을 닮은 것에서 유래되었다고 합니다.
광복 후 귀국하는 동포들을 뜨겁게 환영해주고,
전쟁 때 피란민들을 따뜻하게 품어준 것을 보면
그 마음도 넉넉한 가마솥과 다를 바 없습니다.
바다에 둘러싸여 산을 가슴에 품고 있으니,
어찌 기질이 호방하지 않겠으며,
속은 깊고 어질지 않겠습니까?

인생이 답답할 땐 조개구이에 소주 한 잔
천국이 따로 없다

인천상륙작전!

멋진 대역전의 역사가 첫발을 내딛은 월미도에 오면

인천을 맛보기위해 조개구이집을 들러봅니다.

삼국시대부터 해상교통의 거점이었지만,

조선시대 쇄국의 아픔을 겪었고,

개항을 통해 최초로 우리 근대사의 빗장을 열었지만,

일본 식민지경영의 발판이 되기도 했던 인천.

그러나 인천상륙작전 이후, 세계적 공항과 항구도시로

변모하며 자존심을 회복해 왔습니다.

이제 더 이상 인천은 조연이 아닙니다.

남북경협의 중추, 한반도 평화와 번영의 중심입니다.

머지않아 월미도 조개구이집 불판 위에서

북한산 조개를 실컷 볼 수 있기를 기대해 봅니다.

대신 갚자, 나라 빚! 국채보상운동!
구시대적 독재 반대! 2.28민주운동!

여인들이 소중하게 간직하던
금비녀와 가락지마저 내어 놓으며
전국으로 들불처럼 번져나갔던 국채보상운동.
이러한 대구사람들의 실천애국은
1997년 외환위기 때 금모으기운동으로 이어져
다시 한 번 국가를 어려움에서 건져냅니다.
건국최초의 자생적 민주화시위란 의의가 있는
2·28민주운동은 4·19혁명의 도화선이 되며
이 땅에 정의를 바로 세우는데 큰 역할을 합니다.
이렇게 나라가 위기를 맞이할 때마다,
다 내어놓고 발 벗고 나선 대구.
모든 분야에서 과거 '커다란 언덕(大邱)'의 위상을
되찾기를 기대합니다.

광어보다는 홍어제
주(죽)기게 맛있당께

마음이 어두울 땐 빛고을로 오세요.
맛이 빛나고, 문화가 빛나고,
사람이 빛나는 아름다운 도시, 광주.
광주오미(五味)와 푸짐한 남도음식으로 배를 채우고,
사방팔방 예향의 향기로 마음을 채우고 나면,
깊은 눈빛을 하고 누군가 다가와 이야기를 들려줍니다.
성지에서 생생하게 날 것으로 만나보는
5·18민주화운동의 진실.
잠자던 정의가 깨어납니다.
어둡던 생각이 환해집니다.

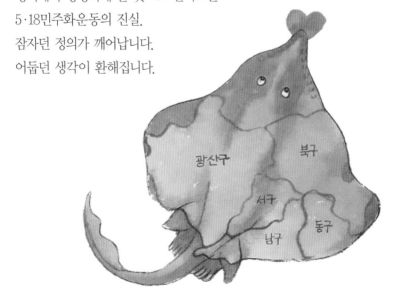

전국에서 음식 맛있기로 소문났지만
주인공은 뭐니 뭐니 해도 비빔밥!

조선왕조의 본향,
전주에 오시면 백가지도 넘는
전통의 매력을 만나볼 수 있습니다.
지킬 것은 지키고, 새로운 것을 기꺼이 품는
문화의 큰 가슴에 흠뻑 빠져들게 됩니다.
저마다 자신만의 맛과 개성을 지닌
음식들을 한데 모아 색다른 가치로 비벼내는
조화와 융합의 전주비빔밥정신!
지금 세계가 배우려
몰려들고 있습니다.
전주에서 미래가
비벼지고 있습니다.

춘하추동 젊음이 끊이지 않는 천하제일의 낭만 도시

아름다운 호수와 섬으로 둘러 싸인 춘천은
봄의 고향답게 겨울 안개가 걷히기 시작하면,
일제히 여기저기서 축제가 만발합니다.
봄내예술제, 소양강문화제, 국제연극제,
국제인형극제, 국제만화축제, 국제태권도대회,
국제마라톤대회, 마임축제, 막국수축제 등
다양한 축제가 펼쳐지는
세계 문화 스포츠 교류의 장입니다.
더 이상 닭갈비와 막국수로만 기억되는 도시가 아닙니다.
사계절 젊음이 찾아들고,
레저와 휴식으로 지친 심신을
치유하는 힐링의 메카입니다.

이조백자, 고려청자 도자기의 중심
천년만년 맛있는 쌀의 고장

땅이 좋아 좋은 쌀과 훌륭한 도자기가 탄생하는 고장, 이천.
넓고 기름진 땅, 깨끗한 물과 공기, 넉넉한 일조량...
환경, 지리, 역사 어느 것을 보더라도
쌀농사를 짓기에 이천만큼 적합한 곳은 없습니다.
임금님이 드시던 쌀밥과 더불어,
그 품격에 걸맞는 맛깔지고 우아한 상차림 또한
이천의 번성했던 쌀문화 내력을
단번에 알 수 있게 합니다.
이천이 수준 높은 도자기문화를
이끌어온 것도,
찰지고 순도 높은 점토와
깨끗한 물 때문이었을 것입니다.
하지만, 이천사람들의
흙에 대한 사랑과 열정,
높은 예술혼이 이 모든 것을
빛나도록 하지 않았을까요?

수도 없이
원도 없이 왕갈비를 뜯었네

왕이 먹어서 왕갈비인들,
크다해서 왕갈비인들 아무려면 어떻습니까?
갈비 먹으려면 수원갑시다!
정조의 이상과 꿈이 깃든 수원화성에 와서
그가 쌓아올린 세계최초의 계획 신도시를 만나 봅니다.
축성의 대역사가 진행되던 무렵
수원에는 우시장이 하나 둘 생기기 시작했는데,
빠르게 진행되는 발전과 인구 유입 덕에 시장은 거대해지고
소고기의 유통과 소비가 활발했으며,
이 때 자연스레 수원갈비가 생겨났다는 것이 통설입니다.
해방이후, 영동시장의 화춘옥이란 식당에서 팔기 시작한 갈비가
지금 우리가 먹는 양념왕갈비의 효시입니다.
어쩌면 수원왕갈비는 수원을 사랑한 정조대왕이
수원을 위해 남긴 유산일지도 모릅니다.

제주 아무리 유명한 휴양지도 조연일 뿐
연은 오로지 대한민국 탐라

오름 하나면 충분합니다. 올레길 하나에도 차고 넘칩니다.
걸어보거나 쓰다듬지 않고는 견디기 힘든
섬흙과 섬풀과, 둥지 있는 것들을 비상하게 하는
바람, 하늘의 엉덩이를 쓰다듬는 바다,
물고기의 수만큼 셀 수 없는 별들까지...
이 모든 것을 어디서든 만날 수 있고, 굴러다니는 돌멩이 하나까지
구멍마다 불과 물의 전설을 품고 있으니...
육지사람 하나쯤 홀리는 건 제주에선 일도 아닙니다.
제주에는 마음 단단히 먹고 오셔야 돌아갈 수 있습니다.

독립군의 마음으로
도적떼로부터 지켜내자, 우리 땅

일본은 안 됩니다. 독도 때문에 안 됩니다.
독도 때문에 거짓말을 시작하더니,
독도를 비틀어 자식에게까지 거짓을 교육하고,
독도를 가려 친구나라의 눈과 귀마저 속이고,
이제 자신의 거짓을 스스로 진실인양 믿게 됐습니다.
거짓말을 즐기다가 거짓을 분별할 수 조차 없게 됐으니
어디에서 희망을 찾을 수 있겠습니까?
일본은 참 안됐습니다.
희망이 없습니다.

大韓獨島

부웅부웅 뱃고동이 울리고
산산이 부서지는 파도가 멋진 곳.
zzme****

인내하자 1호선 끝자락
천하태평하게 쉬면서 가는 종착지.
tidu****

전국에서 제일 맛있는
음식으로 상다리가
주체 못하는 음식의 고장.
zzme****

수소문할 필요 없이
고기 집에서 갈비 뜯고
원대한 정조의 효심을 느끼러
가즈아~!
달빛

대단하다 니도.
구지 이 여름에 여길 왔노...
hyoj****

대놓고 자랑합니더! 놀러 오이소~
구경하이소! 좋아예~
anna****

대프리카. 분지지형이여서
더 더워요...
구석구석 보면 관광지로도 좋아요.
놀러오세요!
zzini0103

대한민국에서 최고로 더운 데가
어디라카드노?
구지(굳이) 대답해야하나.
비엔

제멋대로 훌쩍 떠나는
주말, 그 달콤한 제주!
alsa****

제대로 힐링~.
주인공!
cher****

제일 살기 좋다는 곳 많지만
주위를 대충 둘러봐도
신이 내린 이곳만 하리요.
zzme****

제육볶음도 맛이 무척 좋지만
여기까지 왔으면
주상절리 근처 횟집이나
갈치조림을 먹어줘야지.
joanah

독하게 마음먹고
도둑질을 막자!
jineevely

독립되어 멀리 있는 섬이라고
도둑질 하지마라.
100story

독한 것들
도둑질도 한두 번이지.
앤수

독하게 지켜 내리라, 우리 땅이다.
도둑놈 심보로는 감히 넘보지도
못하게 하리라.
여우고양이

글이란
쓰다가 지우기도 하고
기워서 쓰기도 한다.

_명언, 그거 다 뻥이야. 내가 겪어보기 전까지는 中에서